UN PROTECTEUR POUR JESSYKA

UN PROTECTEUR POUR JESSYKA (FORCES
TRÈS SPÉCIALES #7)

SUSAN STOKER

DU MÊME AUTEUR

Un mari pour Emily

Un héros pour Kassie

Un héros pour Bryn

Un héros pour Casey

Un héros pour Wendy

Un héros pour Mary

Un héros pour Macie (Jun)

Un héros pour Sadie (Jul)

Mercenaires Rebelles

Un Défenseur pour Allye

Un Défenseur pour Chloe

Un Défenseur pour Morgan

Un Défenseur pour Harlow

Un Défenseur pour Everly

Un Défenseur pour Zara

Un Défenseur pour Raven

Ace Sécurité

Au Secours de Grace

Au Secours de Alexis

Au Secours de Chloe

Au Secours de Felicity

Au Secours de Sarah

1

Benny écarta le plat tout prêt qui était posé devant lui sur la petite table de sa cuisine. Cuisiner lui plaisait et il était même doué pour cela, mais il n'avait pas la moindre envie de se préparer un bon repas juste pour lui tout seul.

Depuis que ses coéquipiers – et amis – des Forces Spéciales avaient rencontré l'amour de leur vie, ils passaient de moins en moins de temps ensemble. Attention, il ne leur en voulait pas d'avoir trouvé une femme à chérir et à protéger. Il affectionnait Ice, Alabama, Fiona, Summer et Cheyenne comme des sœurs. Il se serait battu et aurait donné sa vie pour elles, simplement parce qu'elles aimaient ses camarades. Mais en contrepartie, il percevait ce qui faisait défaut à sa propre existence.

Il avait sérieusement songé à demander son transfert au sein d'une autre unité des Forces Spéciales.

Certes, cela lui aurait déchiré le cœur, mais il ne savait pas combien de temps il pourrait encore supporter de voir ce que possédaient ses amis tout en ayant conscience que c'était hors de sa portée.

Il avala une bonne rasade du verre d'eau qu'il s'était versé pour accompagner son dîner merdique et repensa à la dernière fois où ils s'étaient tous retrouvés au *Aces Bar and Grill*. Quoique petit, le bar était toujours impeccable et relativement calme. Dans le temps, c'était l'endroit idéal pour draguer ; c'était d'ailleurs la raison pour laquelle ils l'avaient découvert. Mais à force de s'y rendre, c'était devenu un peu comme leur seconde maison.

Benny savait que les gens se retournaient sur lui et ses amis partout où ils allaient. Autrefois, ils fréquentaient le bar pour se dégotter des nanas, mais puisque chaque membre de l'équipe avait rencontré la femme idéale, ils s'y retrouvaient désormais pour des motifs différents. À présent, ils appréciaient l'atmosphère et la camaraderie qu'ils partageaient. Mais ils n'en restaient pas moins des soldats d'élite : des mecs super baraqués qui plaisaient aux filles.

Benny était le cadet de l'unité. Il mesurait un mètre quatre-vingts et ses cheveux bruns étaient coupés court. Par le passé, les femmes lui avaient dit qu'il avait des yeux uniques en leur genre, de la couleur du chocolat fondu. Il n'avait pas vraiment compris, les trouvant tout simplement marron.

À force de fréquenter le Aces, ils avaient appris le

nom des serveurs et des barmen qui, de leur côté, connaissaient également leur équipe. Malheureusement, c'était aussi l'endroit où Cheyenne, Summer et Alabama avaient été enlevées au nez et à la barbe de Mozart alors que les filles étaient de sortie. Heureusement, tout s'était bien terminé et personne n'avait été sérieusement blessé ou tué.

La semaine précédente, l'unité s'était réunie pour dîner, boire et discuter afin d'essayer d'ostraciser le souvenir de ce qui s'était passé. Benny savait que ses amis auraient préféré ne plus jamais y remettre les pieds, mais leurs compagnes, fortes et entêtées, avaient insisté. Ils leur avaient ri au nez et les femmes avaient même versé une larme ou deux, mais au final, y retourner avait été la bonne décision.

Sauf que depuis, quelque chose tracassait Benny. Il ne pouvait pas se retirer de l'esprit le visage de Jess. Leur serveuse avait boitillé jusqu'à leur table avec sa petite démarche inégale, et quand il lui avait délicatement pris le bras pour l'empêcher de s'éclipser, elle avait grimacé.

Tous les hommes attablés avaient remarqué la chose et n'avaient pas apprécié. Pas besoin d'être un génie pour se rendre compte que lorsque Benny lui avait attrapé le bras, il ne l'avait pas serré violemment ; il l'avait simplement retenue de partir. À la réflexion, Jess avait changé de comportement. Au tout début, elle était pétillante et cool, n'ayant de cesse de rire et de plaisanter avec toute l'équipe. Mais la semaine dernière, elle s'était montrée renfermée et avait gardé les yeux baissés.

Autre nouveauté : ses t-shirts à manches longues. D'ailleurs, plus Benny y songeait, plus il s'inquiétait. Celui qui abusait d'elle était futé. Il prenait garde à ne pas lui meurtrir le visage, là où les violences seraient les plus visibles. Si Jess s'était présentée avec un œil au beurre noir ou une lèvre éclatée, ils auraient tous protesté au quart de tour.

Mais si cet homme laissait des bleus ou la frappait là où ses vêtements dissimulaient les marques, personne ne pouvait en avoir la certitude. Cela étant, la simple perspective qu'on fasse du mal à Jess le hérissait vraiment !

Jusqu'alors, il n'avait jamais vraiment songé à Jess de *cette* façon-là. Elle avait pour ainsi dire toujours été présente. Elle faisait partie de leur expérience dans cet établissement. C'était une bonne serveuse qui les resservait constamment, riait avec eux ou leur donnait de l'espace quand ils en avaient besoin.

Quand les filles avaient été kidnappées dans le bar, Benny savait que Jess avait immédiatement rejoint Fiona et Caroline pour les rassurer. Elle les avait entraînées dans un bureau à l'arrière et était restée avec elles le temps que l'équipe les juge suffisamment en sécurité pour partir.

En y réfléchissant bien, Benny se sentit soudain honteux. Ils avaient toujours tiré profit de son ouverture d'esprit et de sa nature protectrice. Ils avaient emmené leurs femmes, mais avaient laissé Jess sans songer à *sa* propre sécurité.

Benny n'arrivait pas à admettre que la Jess qui s'était montrée si bonne et prévenante envers les filles de l'équipe restait avec un homme qui abusait d'elle. Quelle que soit la raison, elle lui échappait.

Il quitta la table de la cuisine, ayant soudainement pris une décision. Il ne laisserait pas filer un instant de plus sans voir comment se portait Jess. Il avait un mauvais pressentiment, et un soldat d'élite n'ignorait jamais ce genre de sensations.

Jess allait probablement bien. Elle serait certainement en train de bosser au bar et le saluerait à son arrivée, comme à l'ordinaire.

Résolu, Benny ramassa ses clés dans le récipient posé près de la porte et se dirigea vers sa voiture avant même d'avoir consciemment pris la décision de partir.

Alors que son plat préparé se solidifiait sur le comptoir, Benny sortait du parking de son immeuble.

Je vais juste y aller et me commander un hamburger ; ce n'est pas comme si je vérifiais vraiment comment elle va. J'ai faim. Si elle est là, c'est bien. Ma curiosité sera satisfaite et je pourrai rentrer. Je suis certain qu'elle va bien. C'est forcément moi qui dramatise.

2

Jessyka Allen soupira. Elle avait passé une semaine de merde. D'ailleurs, c'était plutôt le mois tout entier. Elle poussa un nouveau soupir. Putain ! Sa *vie* était merdique. Elle ne savait pas comment elle en était arrivée là... Coincée, sans véritable porte de sortie. Elle n'aurait jamais cru être de ces femmes qui restent avec un homme violent, mais voilà...

C'était tellement facile de dire « la première fois que quelqu'un me frappera, je partirai ». En réalité, elle réalisait que c'était bien plus facile à dire qu'à faire.

Jess avait grandi dans une banlieue de Los Angeles. Ses parents n'étaient ni vraiment riches ni vraiment pauvres. Elle avait toujours pu s'acheter les fringues qu'elle voulait et avait eu des amis proches au lycée. Sans être la fille la plus populaire de l'école, elle n'était pas non plus un paria.

Jessyka était née prématurée, ce qui faisait qu'une

de ses jambes était plus courte que l'autre. Elle n'avait rien de folichon à raconter à ce sujet, mais la conséquence était qu'elle boitait depuis toujours. En grandissant, on s'était moqué d'elle, mais en règle générale, elle avait appris à ignorer les remarques déplacées.

Parfois, ses jambes lui faisaient mal, principalement parce qu'elle était forcée de s'appuyer davantage sur les muscles de sa jambe droite afin de compenser la taille réduite de celle de gauche. Ses parents avaient voulu lui faire porter des chaussures orthopédiques, mais Jess avait détesté. Elles étaient vraiment moches et c'était évident que la gauche était garnie d'une semelle bien plus épaisse que la droite. Non, elle préférait boiter.

Elle avait rencontré Brian au cours de leur année de seconde et leur amitié avait duré jusqu'en terminale. Ce n'est que lorsqu'ils avaient eu leur bac et entamé un cursus à l'université publique locale qu'ils avaient commencé à sortir ensemble. Brian était cool et Jess aimait passer du temps avec lui. Mais après plusieurs années de relation, il était devenu évident qu'ils n'allaient jamais se marier ou bien avoir un futur ensemble. Brian prenait facilement la mouche tandis que Jess était complètement relaxe. Elle refusait d'argumenter quand il s'en prenait à elle, ce qui ne faisait qu'attiser sa colère.

Une fois qu'ils avaient arrêté de se voir, leur relation s'était améliorée. Brian paraissait s'être calmé et semblait moins colérique.

Quand les parents de Jess avaient déménagé à l'autre bout du pays et qu'elle avait eu besoin d'un toit sur la tête, Brian lui avait proposé d'emménager dans la chambre d'amis de son pavillon. Jess avait accepté sur-le-champ. Sur le papier, c'était l'arrangement parfait.

Et cela lui avait semblé encore mieux quand elle avait rencontré Tabitha.

C'était la nièce de Brian, dont la sœur occupait une maison dans le même complexe. Tabitha avait dix ans quand elles s'étaient rencontrées et Jess s'était immédiatement prise d'amitié pour elle. C'était une enfant un peu rondelette, mais elle avait un cœur immense. Cela étant, Tammy, la sœur de Brian, ne s'occupait pas beaucoup d'elle. Mère célibataire, elle bossait tout le temps. Et quand elle ne travaillait pas, elle brillait tout de même par son absence. Aussi Jess était-elle devenue la seconde mère de Tabitha.

Qui plus est, c'était une enfant exceptionnellement sensible. Elle prenait tout à cœur. Un jour, Jess l'avait vue pleurer à chaudes larmes après avoir trouvé un chat sauvage écrasé sur la route qui longeait leurs logements. Jess avait essayé de la consoler, mais sa tristesse avait duré la semaine.

Brian n'avait aucune patience envers sa nièce. Il avait dit à Jess que c'était un bébé, une pleureuse et qu'elle n'aboutirait jamais à rien dans la vie.

Au cours des quatre années précédentes, Brian avait également eu des mots durs pour Tabitha qu'il ne rechignait pas à humilier en public. Puis il avait aussi commencé à prendre Jessyka à partie. Ils en étaient arrivés au point où Jess savait que Tabitha était dépressive. Elle avait essayé d'en parler à Tammy, mais celle-ci avait fait la sourde oreille et lui avait balancé de s'occuper de ses oignons.

Au fil des deux ou trois mois précédents, Brian avait recommencé à passer ses nerfs sur Jess. Cela avait débuté par des paroles, mais il s'était rapidement mis à la bousculer, la pousser et enfin, la frapper. Jess ne savait jamais ce qui allait déclencher sa colère. Il était totalement instable. Il pouvait se montrer jovial un instant et la seconde d'après, il lui volait dans les plumes en lui hurlant dessus, lui disant qu'elle n'était qu'une sale handicapée.

Jess savait qu'il aurait été plus raisonnable de partir, mais elle s'était accoutumée à son sort. Être serveuse ne lui rapportait pas grand-chose et elle savait qu'elle n'avait pas encore assez d'économies pour vivre toute seule. Elle pourrait probablement s'acheter un billet d'avion pour la Floride pour vivre avec ses parents pendant un temps, mais elle ne voulait pas quitter Tabitha. C'était une adolescente de quatorze ans et quelque chose ne tournait pas rond.

Jessyka s'inquiétait constamment pour elle. Tabitha se montrait renfermée et triste. Jess passait le plus de temps possible avec elle et faisait de son mieux pour la dérider, même si c'était difficile. En effet, la dernière fois où Jess avait tenté de discuter de l'état mental de sa fille avec Tammy, celle-ci lui avait répondu qu'elle n'était plus la bienvenue dans leur appartement.

Aussi, à présent, ou bien Tabitha venait chez elle – courant ainsi le risque que Brian la tourmente – ou alors elles sortaient quelque part. Dans ce cas de figure, Jess était contrainte d'acheter un repas ou une glace, dépensant ainsi de l'argent qu'elle aurait dû économiser afin de louer son propre appart. C'était un cercle vicieux, mais elle savait qu'elle ne pouvait pas abandonner Tabitha. Elle l'aimait et l'ado avait besoin d'elle. Alors elle restait.

Elle se dit qu'elle pourrait le supporter. Ce n'était pas comme si Brian lui faisait véritablement mal. Elle pouvait tolérer les bleus. Ce n'était pas grave.

Mais au fond, elle savait que c'était grave. Elle travaillait dans un bar. Elle le voyait régulièrement avec les clients. Elle avait vu les violences s'intensifier et elle se sentait coincée. Elle voulait partir, mais elle savait que cela présagerait de mauvaises choses pour Tabitha. Elle se retrouvait démunie. C'était comme si elle portait le poids du monde sur ses épaules.

Elle fit rouler sa tête pour essayer de dissiper la tension et elle grimaça. Bon sang. Elle avait oublié son épaule. Brian avait tiré dessus plus tôt dans l'après-midi avant qu'elle parte travailler. Elle venait de quitter Tabitha et était simplement passée à son appart le temps de se changer avant de repartir pour le travail.

« Où t'étais ? » lui avait-il demandé d'une voix

mauvaise.

« Je suis passée voir Tabitha. »

Jess avait conservé un ton neutre, sachant que si elle montrait la moindre insolence, Brian le lui ferait payer.

« Je ne sais pas pourquoi tu t'emmerdes. C'est un gros lard. Ce sera toujours un gros lard. Et puis elle est stupide. Tammy me répète tout le temps qu'elle est bête et qu'elle l'embarrasse. »

« Elle n'est pas stupide, Brian. J'ai lu certaines des histoires qu'elle écrit. Elle a vraiment beaucoup de talent et je sais qu'un jour, elle deviendra une auteure célèbre. »

« Qu'est-ce que tu en sais, l'éclopée ? Tu es aussi stupide qu'elle. Tu n'es qu'une serveuse dans un putain de bar. Quelle nullité ! Tu sais que tout le monde se moque de toi dans ton dos, n'est-ce pas ? Je l'ai bien vu. Tu traverses le bar en boitant et tout le monde s'esclaffe et parie que tu vas laisser tomber ton plateau. »

Jess l'avait regardé, refusant de croire à la moindre de ses paroles. Comment en étaient-ils arrivés là ? Que lui avait-elle fait pour qu'il pense des choses aussi horribles à son sujet ? Ils avaient pourtant été si proches autrefois !

Brian s'était mépris sur son expression et avait renchéri :

« Surprise, l'infirme ? Ouais, ils se foutent tous de ta gueule, surtout les soldats. Je parie que c'est ton fantasme de t'en taper un, hein ? Eh bien, tu peux faire une croix dessus. Ils n'aiment que les femmes belles et parfaites. »

Les mots de Brian l'avaient beaucoup blessée, comme il en avait eu l'intention.

« Que nous est-il arrivé, Brian ? »

Jess n'avait pu retenir ces paroles. Elle y avait déjà réfléchi et, confrontée à ses remarques acerbes, elles lui étaient venues tout naturellement.

« On était amis autrefois. »

« Les vrais amis ne sont pas sangsues », lui avait-il immédiatement rétorqué. « Je me casse le cul à bosser dans le BTP et toi, alors que tu rapportes un salaire de misère, tu te comportes comme si tu payais ta part. Bon sang, Jess, je n'arrive pas à croire que tu ne t'en sois pas encore rendu compte. »

« Mais, Brian... » avait commencé Jessyka, qui ne fut pas surprise quand il l'interrompit.

« Non, Jess, tu es pathétique. »

Il avait fait un pas vers elle et elle avait reculé.

« Tu traînes la patte toute la journée, tu t'habilles comme un sac et tu t'attends à ce que tout le monde t'apprécie. »

Brian lui avait serré le biceps et avait pressé pour essayer de lui fourrer ses paroles dans le crâne.

« Je me casse le cul pendant que tu passes du bon temps avec ma nièce. Ma sœur te déteste et tu ne t'en rends même pas compte. Merde, je ne sais pas pourquoi je te supporte. »

Sans prévenir, Brian avait levé son autre main et l'avait refermée autour de son cou. Il l'avait fait reculer jusqu'à ce qu'elle se retrouve dos au mur.

Agrippée de ses deux mains au poignet de Brian, Jess avait eu du mal à respirer.

« Brian, je t'en prie... »

Mais celui-ci lui avait comprimé la gorge.

« Non, j'en ai assez. Je te donne jusqu'à la fin du mois et après, tu dégages. Je suis sérieux. Tu as neuf jours. »

Jess n'avait rien pu dire. Il ne ressemblait même plus au Brian qu'elle connaissait. Elle n'avait jamais vu une colère aussi irrationnelle lui contorsionner le visage. Elle avait ouvert la bouche pour parler, pour lui dire ce qu'il avait besoin d'entendre pour se calmer, mais il avait resserré sa prise sur son cou.

Merde, il ne la lâchait pas ! Les mains de Jess avaient serré celles de Brian qui comprimaient sa gorge et elle s'était débattue pour tenter de lui faire lâcher prise.

Enfin, il l'avait libérée avec un sourire moqueur. Avant que Jess ne puisse reprendre sa respiration et lui échapper, il l'avait forcée à se tourner en tirant sur le bras qu'il tenait toujours et le lui avait retourné dans le dos.

« Je suis sérieux, l'éclopée. Neuf jours. Tu as compris ? »

Impuissante, Jess avait répondu d'un hochement frénétique du menton tout en essayant de réprimer la douleur que lui provoquait la torsion peu naturelle de son bras. Elle avait dégluti douloureusement et prié pour qu'il la lâche.

Quand il l'avait fait, Jess n'avait même pas regardé en arrière et avait remonté en courant les marches qui menaient à sa chambre. Elle avait claqué la porte et avait refermé le verrou derrière elle. Certes, la petite serrure n'arrêterait pas Brian s'il souhaitait vraiment entrer, mais cela lui permettait de se sentir légèrement mieux.

À présent, Jess était au boulot. Elle devait trouver une solution. Elle ne voulait pas retourner au pavillon, même pour les neuf jours que Brian lui avait octroyés, mais elle n'avait nulle part où aller. Nulle part. Elle ne souhaitait pas non plus quitter Tabitha. Par ailleurs, elle savait que c'était seulement grâce à elle que l'adolescente s'accrochait. Jess savait qu'on aurait pu trouver cette idée bien prétentieuse, mais elle savait au plus profond d'elle que si Tabitha commençait à croire qu'elle l'avait abandonnée, elle sombrerait.

Elle s'empara du lourd plateau et essaya de ne pas grimacer. Elle ne savait absolument pas ce qu'elle allait faire, mais d'abord, elle devait terminer son service. Elle y réfléchirait plus tard.

* * *

Benny s'arrêta sur le parking du *Aces* et éteignit le moteur. Il ne savait pas ce qui le motivait vraiment, mais quelque chose au fond de lui ne voulait pas lâcher prise. Même s'il ne la connaissait pas vraiment, il appréciait Jess et voyait bien que quelque chose clochait.

Il fourra les clés dans sa poche et se dirigea vers l'entrée du bar. Une fois à l'intérieur, ses yeux mirent un moment à s'ajuster à la pénombre. Cela faisait longtemps qu'il ne s'était pas trouvé là aussi tard. Généralement, l'équipe et leurs femmes venaient dîner et repartaient aux alentours de dix heures. À onze heures du soir, l'atmosphère battait son plein et on avait tamisé les lumières.

Benny regarda autour de lui et ne vit pas Jess. Il se dirigea vers le bar et s'assit sur un tabouret tout au fond afin d'avoir vue sur toute la pièce. Enfin, il l'aperçut. Jess avait son âge, c'est-à-dire probablement la trentaine. Sa peau pâle la faisait paraître plus fragile qu'en réalité. Elle faisait une bonne dizaine de centimètres de moins que lui et son corps affichait des formes généreuses. Benny remarqua pour la première fois ce soir-là qu'elle remplissait ses vêtements d'une façon terriblement sexy.

Peinant à porter un plateau chargé de bouteilles et de verres vides, elle traversait l'établissement bondé. Benny se leva et se dirigea vers elle.

Il eut l'impression que son boitement avait empiré. Il ne savait pas pourquoi elle boitait, seulement que c'était permanent. Ils l'avaient tous remarqué la première fois qu'ils l'avaient rencontrée au bar, et lorsque Wolf avait émis un commentaire, elle l'avait fusillé du regard. Personne ne lui avait plus jamais posé la question. Elle avait le droit d'avoir des secrets, et Wolf avait été impoli de le lui demander.

Il la rejoignit alors qu'elle se faisait bousculer par-derrière. Elle se serait affalée de tout son long s'il n'avait pas attrapé le plateau d'une main et sa taille de l'autre. Il les fit tourner dans un mouvement qui aurait remporté un max de points dans une compétition sportive et leur épargna, à elle et au plateau, de finir par terre.

— Merci, souffla Jess, reconnaissante de ne pas s'être retrouvée étalée sur ce sol crasseux, entourée d'éclats de verre.

— Je t'en prie.

La voix était basse et étonnamment familière.

Jess leva la tête. Waouh, c'était un de ces soldats d'élite dont le prénom lui échappait. Elle avait entendu tous leurs noms à plusieurs reprises, mais c'était déroutant parce que parfois, ils utilisaient leurs surnoms et d'autres fois, leurs vrais prénoms. Elle ne les avait pas tous intégrés.

L'homme la tenait toujours et elle se décala enfin pour essayer de se libérer. Il la retint pendant quelques secondes encore et finit par la lâcher, frôlant sa hanche de sa main dans le mouvement.

Jess contint un frisson.

— Je peux le reprendre.

Elle tendit les bras vers le plateau qu'il tenait à la

main. Certaines bouteilles s'étaient renversées, mais rien n'était cassé.

— Dis-moi où aller, Jess. Je m'en occupe.

Jessyka le regarda un moment.

— Tu sais comment je m'appelle ?

— Oui, je mange ici avec mes amis depuis une éternité et tu es toujours notre serveuse attitrée. Je sais comment tu t'appelles.

Jess rougit. Merde. Bien sûr, il savait qui elle était. Elle secoua la tête et essaya de se la jouer détendue.

— C'était juste pour vérifier. Viens.

Elle lui tourna le dos et le guida vers le bar bondé. Quand ils y parvinrent, il la laissa enfin lui retirer le plateau des mains pour qu'elle puisse le placer sur le comptoir.

— Encore merci, répéta-t-elle en se retournant. Ça aurait été vraiment nul si j'avais renversé toutes ces bouteilles. Où sont tes potes ? demanda-t-elle en regardant autour d'elle.

Jess savait que ce mec venait toujours ici avec d'autres soldats. Elle les avait observés avec un brin de jalousie au cours des mois précédents. La plupart de ces hommes étaient à présent mariés ou bien avaient une relation sérieuse. Jessyka avait vu la façon dont ils traitaient leurs femmes. C'était un mélange de tolérance et de protection, avec une pointe de néanderthalien, pour la mesure. Mais ce n'était jamais trop. Cela avait l'air génial. Si Jessyka avait un compagnon qui la regardait comme ces hommes regardaient leurs femmes, elle aurait gardé le grappin dessus pour toujours.

— Je ne sais pas.

— Quoi ?

Il lui sourit comme s'il savait qu'elle venait de rêvasser pendant quelques secondes.

— J'ai dit que je ne sais pas où ils sont. Ils sont probablement tous à la maison avec leurs femmes.

— Alors pourquoi es-tu ici ?

Jess s'interrompit, puis elle rougit.

— Euh, oublie ça. Pardon. Oui, que vient faire un homme célibataire dans un bar ? Je vais juste...

Mais il mit un terme à ses explications embar-rassées :

— Je ne suis pas venu pour me trouver une nana, Jess. Je suis venu voir si tu allais bien.

— Moi ?

Jess le regarda d'un air incrédule.

— Oui, toi. Je m'inquiète pour toi.

— Euh, ne te vexe pas, mais tu ne me connais même pas.

— Jess, souviens-toi de ce que je t'ai dit tout à l'heure. Je fréquente cet endroit depuis un bon moment. Je sais que ta personnalité a changé au cours des mois qui viennent de s'écouler. Je sais que même si tu as toujours boité, ça s'est aggravé. Je sais que la dernière fois que je t'ai vue, je t'ai touché le bras et tu as grimacé. Je sais qu'avant, tu mettais des petits hauts sympas et des manches courtes, mais maintenant, tu portes un putain de col roulé. On vit dans le sud de la Californie et je ne me souviens pas de la dernière fois où j'ai croisé quelqu'un avec un putain de col roulé. Je suis un soldat d'élite, ma belle. Nous sommes entraînés à avoir le sens de l'observation. Quelqu'un d'autre n'aurait peut-être pas remarqué, mais moi, si. Je n'aime pas que les femmes grimacent quand je les touche. Je n'aime pas deviner *pourquoi* elles le font. Alors je suis venu parce que je m'inquiète pour toi.

Jess, stupéfaite, dévisagea cet homme magnifique qui se tenait à côté d'elle. Comme d'habitude, elle ouvrit la bouche avant que son cerveau ne puisse l'en empêcher :

— Je ne sais même pas comment tu t'appelles.

Il sourit et secoua la tête.

— Cesseras-tu un jour de me surprendre ?

C'était manifestement une question rhétorique, car il poursuivit sans lui donner le temps de répondre :

— Je suis Kason. Kason Sawyer.

— C'est ton vrai nom ou bien un surnom ?

— Mon vrai nom.

Au bout de quelques secondes, Jess demanda :

— Tu vas me dire ton surnom, aussi ? Je sais que vous en avez tous un.

— Non. Il ne me plaît pas, mais je l'ai bien mérité. Les garçons m'appellent par mon surnom, mais pas toi.

— Mais...

— Tu vas bien ?

— Kason...

— Ne me mens pas, Jess.

— Jessyka !

Elle se tourna et vit que le barman lui faisait signe en désignant les boissons qu'il avait alignées sur le comptoir de service.

— Je dois y aller.

— Quand finis-tu ce soir ?

Jess observa Kason pendant un moment. Ce n'était pas qu'elle ne lui faisait pas confiance. Bon sang, si elle ne pouvait pas faire confiance à un soldat d'élite, elle ne pouvait faire confiance à personne. Mais elle ne savait toujours pas pourquoi il était là. Elle n'arrivait pas à croire que c'était parce qu'il se faisait du souci pour elle. Certes, il avait probablement remarqué tous ces détails sur elle, mais il ne la connaissait pas. Alors il ne pouvait pas *vraiment* s'inquiéter pour elle.

— À deux heures.

— J'attendrai.

— Kason...

— J'ai dit que j'allais t'attendre.

Jess le regarda un instant, puis elle tourna abruptement les talons et se dirigea vers les boissons qu'elle devait apporter. Elle n'avait pas le temps de se tracasser à propos de Kason. Il se lasserait de son petit jeu et finirait par partir. Elle avait des soucis bien plus graves. Plus précisément : où diable allait-elle vivre et comment parviendrait-elle à trouver suffisamment d'argent pour louer un endroit à elle en seulement neuf jours ?

3

Benny regarda Jess bosser durant le reste de son service. À présent qu'il braquait toute son attention sur elle, il voyait qu'elle n'était clairement plus la même personne que les premières fois qu'ils étaient venus au bar. Certes, elle était toujours efficace et douée pour son travail, mais elle avait changé.

Autrefois, elle touchait tout le temps les gens. Elle leur posait une main sur le bras ou bien leur effleurait brièvement la main quand elle leur tendait la monnaie. Elle riait plus et flirtait davantage. Mais elle souriait à présent beaucoup moins et ne flirtait plus jamais. Elle était entièrement concentrée sur sa tâche, apportait leurs boissons aux clients et encaissait les paiements. Plus Benny y songeait, plus ses vêtements le dérangeaient, eux aussi. Toutes les serveuses savaient que pour augmenter les pourboires, il fallait porter des trucs un peu révélateurs. Mais Jess ne dévoilait rien à part son visage et ses mains.

Benny était conscient que sa présence mettait Jess mal à l'aise, mais cela ne l'arrêta pas. Il plaisanta avec le barman et repoussa toutes les femmes qui l'approchaient. Il était venu pour Jess et rien de plus. Il n'était même pas tenté par les autres nanas qui l'aguichaient. Quelques mois en arrière, il aurait probablement bondi sur la moindre occasion de passer une nuit torride aux côtés de n'importe laquelle de ces femmes ; mais pas ce soir. Il était entièrement concentré sur Jess.

À deux heures du matin, Benny vit Jess rendre son tablier. Elle fourra ses pourboires dans la poche avant de son jean et disparut dans le couloir où se trouvait le bureau. Elle revint quelques instants plus tard avec son sac sur son épaule et se dirigea vers la porte sans l'attendre.

Benny la suivit rapidement et adressa un bref signe du menton au videur.

— Je m'en occupe. Je vais m'assurer qu'elle soit en sécurité.

L'homme hocha la tête. Il connaissait Benny, l'ayant vu dans le coin, et il savait qu'il appartenait aux Forces Spéciales.

Benny arriva à la hauteur de Jess alors qu'elle sortait sur le parking.

— Est-ce que je peux te ramener ?

Jess s'arrêta au milieu du parking et se tourna vers Kason.

— Pourquoi me suis-tu ?

— On en a déjà parlé, mais je peux te le répéter si besoin est.

Jess, à bout, secoua la tête avec impatience.

— Écoute, Kason, j'ai passé une semaine de merde, et même le mois entier, pour être honnête, et je n'ai pas besoin que tu viennes me casser les bonbons. J'ai vu tes amis. Je suis trop jeune pour vous. Je ne cherche pas de coups d'un soir. Je n'ai pas envie d'un soldat. Je suis fauchée, infirme et trop fatiguée pour comprendre ce que tu me veux. Alors, lâche-moi et laisse-moi y aller, d'accord ?

Comme s'il n'avait pas entendu un mot de ce qu'elle venait de dire, Kason répondit simplement :

— Autorise-moi à te ramener chez toi.

Jess soupira et baissa les yeux vers le sol. Elle regarda en arrière vers le bar et se tourna vers Kason.

— Généralement, je prends le bus.

— S'il te plaît.

— Merde... Très bien, Kason. Tu peux me ramener.

Benny saisit le coude de Jess et la dirigea de l'autre côté, vers sa voiture. Il la déverrouilla pendant qu'ils s'en approchaient et lui ouvrit la portière. Puis il attendit qu'elle soit assise pour la refermer et faire le tour. Sans rien dire, il démarra et sortit du parking.

— Où va-t-on ?

Jess sursauta. Bien sûr, il ne savait pas où elle habitait.

— J'habite aux pavillons de Pinehurst sur Sunshine Way. Tu connais ?

Jess le vit hocher la tête.

— Alors, cale ta tête et ferme les yeux, ma belle. Détends-toi. Je m'en occupe.

Jess émit un petit rire et lui obéit. Pas parce qu'il le lui avait ordonné, simplement parce qu'elle était épuisée. Elle avait mal. Elle se sentait lasse. Elle était stressée. Cette courte pause le temps de baisser la garde était inattendue, mais aussi la bienvenue.

Au bout d'un moment, la voiture ralentit puis s'arrêta. Elle ouvrit les yeux et sursauta, surprise. Ils n'étaient pas devant chez elle.

— Où est-ce qu'on est, putain ? demanda-t-elle.

Benny se tourna sur son siège pour la regarder en face. Il s'était rendu à un parc des environs qui ne craignait pas trop et avait garé la voiture. Il allait lui parler, qu'elle en ait envie ou pas.

— Je sais qu'on ne se connaît pas vraiment, mais tu as besoin d'un ami, Jess, et c'est ce que je suis. Je ne joue à rien avec toi. Tu n'es pas trop jeune pour moi. Bon sang, on n'a probablement pas plus de cinq ans d'écart. Je ne veux pas d'un coup d'un soir avec toi, peu m'importe que tu ne sois pas riche, et tu n'es pas infirme. Si je t'entends répéter ça sur toi encore une fois, je te donne la fessée. Et tu ne seras jamais trop fatiguée pour ne pas m'autoriser à t'écouter si tu en as besoin. Voilà ce que je veux. Maintenant, raconte-moi tout.

Jess le dévisagea un instant tout en réfléchissant à ce qu'elle lui avait dit sur le parking du bar.

— Viens-tu vraiment de répondre à toutes les choses que je t'ai dites plus tôt ? Comment est-ce que tu t'es souvenu de tout ?

— Jess, concentre-toi.

— Je *suis* concentrée, Kason ! s'exclama-t-elle. Sérieusement ! C'était impressionnant.

— Tu as entendu ce que je viens de dire ?

Jess hocha la tête et se frotta les tempes.

— Oui. Je suis désolée. Je ne mentais pas quand j'ai dit que j'ai passé une mauvaise journée. Je suis désolée d'avoir été sèche.

— Tu n'es pas sèche.

— Je peux l'être.

— Je n'en doute pas, répondit-il avec un ricanement. Cela arrive aussi à toutes les compagnes de mes amis. Ce n'est pas très grave. Mais j'étais sérieux tout à l'heure. Je m'inquiète pour toi. Parle-moi, s'il te plaît.

— Je ne sais pas ce que tu veux que je te dise. C'est embarrassant.

Jess tira sur un fil qui sortait de l'ourlet de son t-shirt.

— Je n'ai pas l'habitude de révéler tous mes problèmes aux gens que je ne connais pas.

— Je suis Kason, membre des Forces Spéciales. Ça fait à peu près dix ans que j'ai rejoint la Marine. J'aime mes amis. Je donnerais ma vie pour eux, et pareil pour leurs femmes. Cuisiner me plaît et je suis plutôt doué pour ça. Je sais déverrouiller une serrure plus rapide-ment que n'importe quel soldat de mon équipe. Je déteste mon surnom, mais les gars ne veulent pas que j'en change. C'est une plaisanterie entre nous. D'ailleurs, même s'ils me laissaient en changer, je n'ac-cepterai probablement pas. Ma couleur préférée est le marron. J'aimerais posséder une parcelle de terrain à l'avenir, où je pourrais passer des journées entières sans croiser personne. Je n'aime pas vraiment les gens, ils sont malpolis, hautains et narcissiques. J'ai vu des horreurs inimaginables dans ma vie. J'aime les chiens et j'aimerais en avoir au moins quatre quand je m'achèterai un terrain quelque part. Je serai toujours un peu bourru, mais si jamais je trouve une compagne qui pourra me supporter, je la ferais passer en premier pour tout. J'ai vu comment se comportent mes cama-rades avec leurs femmes et je veux avoir pareil. Je suis le dernier sur la liste maintenant, dans mon équipe, et je déteste ça. J'ai songé à demander mon transfert, mais je ne le leur ai pas encore dit.

Il s'arrêta de parler et Jess le regarda sans rien dire. Enfin, elle murmura :

— Pourquoi est-ce que tu m'as révélé tout ça ?

— J'ai envie d'apprendre à te connaître, Jess. Je m'ouvre à toi dans l'espoir que tu te sentes moins gênée, pour que tu puisses me raconter ce qui ne va pas chez toi en ce moment.

Jess s'humecta les lèvres et se tritura l'ongle du

pouce. Elle réfléchit à ce que Kason avait dit. Il lui avait vraiment fait part de choses très personnelles.

— Jess, dit Benny en lui prenant une main afin qu'elle arrête de s'abîmer l'ongle. Regarde-moi.

Quand elle s'exécuta, Benny poursuivit :

— Je nous considère comme des amis. Ça fait un moment qu'on se connaît, maintenant. On n'est peut-être pas le genre d'amis qui vont se faire une manucure ensemble ou bien une virée shopping, mais je t'ai vue assez souvent pour me rendre compte que quelque chose est différent. Laisse-moi t'aider. Ou au moins, défoule-toi. Tu te sentiras mieux. Je te le promets.

Jess soupira. Elle aimait sentir sa main dans celle de Kason, mais savait qu'elle ne pouvait pas se permettre de s'y habituer. Elle décida de faire comme lui, mais commença par le plus facile :

— Je m'appelle Jessyka… avec un y-k-a, pas i-c-a. Je crois que mes parents avaient bu quand ils ont rempli le certificat de naissance.

Elle sourit afin qu'il comprenne qu'elle plaisantait.

— J'ai grandi dans une banlieue de Los Angeles et mes parents mènent à présent leur vie de rêve en Floride. J'aime bien le rose et j'aime les chiens, particulièrement les chiens de chasse. J'aimerais bien un basset, un Saint-Hubert et un petit chien de chasse quand j'achèterai mon propre bien. Pour l'instant, je suis serveuse et je gagne une misère, mais étrangement, ça me plaît. Je rencontre pas mal de gens super.

Elle sourit à Kason, mais marqua une pause. Il était temps de passer aux choses difficiles.

— Ça concerne quelqu'un avec qui je partage mon appartement.

Benny poussa un soupir de soulagement. Dieu merci, elle allait lui parler de ce qui la contrariait vraiment. Il aimait en entendre davantage sur Jess et sur sa vie, mais il voulait en apprendre plus sur ce qu'il lui arrivait. Il espérait avoir le temps de discuter de choses plus faciles plus tard.

— Qu'est-ce qu'elle a ?

— Pas elle, lui.

Benny se tendit. Un mec ? Elle vivait avec un mec ? Il avait deviné qu'un homme était impliqué dans toute cette histoire, mais le fait qu'elle habite avec lui... ? Merde !

— Continue. Qu'est-ce qu'il a ?

— Pour faire court, on s'est rencontrés au lycée et on a commencé à se fréquenter pendant nos études. Après, on a arrêté de se voir, mais on est restés amis. J'ai emménagé avec lui parce que j'avais besoin d'un endroit où habiter et apparemment, ça ne le dérangeait pas. Mais... on a des problèmes maintenant.

— Pourquoi n'a-t-il plus voulu sortir avec toi ?

— Hein ?

Jess ne comprenait pas comment fonctionnait l'esprit de Kason. Ses paroles la prenaient toujours par surprise.

— Pourquoi avez-vous arrêté de vous voir ? Qu'est-ce qui ne va pas chez lui ?

— Rien de particulier. Simplement, il n'y avait plus rien entre nous.

— Crétin.

Jess ne savait pas si elle avait bien entendu ce que Kason venait de murmurer, mais elle poursuivit sans lui demander de répéter :

— Quoi qu'il en soit, on a des problèmes et il faut que je déménage. Mais je m'inquiète pour sa nièce. Elle est... vulnérable et j'ai peur qu'elle ne commette un geste grave si je pars.

— Elle habite aussi avec vous ?

— Non, mais elle réside dans le même complexe et je la vois constamment. Quand elle n'est pas à l'école ou moi au travail, elle passe tout son temps avec moi.

Kason lui pressa la main.

— Je sais que tu sautes des détails importants, ma belle, parce que je ne vois pas le problème pour le moment.

Il passa son autre main sur le dessus et fit courir son index sur le tissu de son haut, près de gorge.

— Mais je pense qu'une partie du problème est ce que tu dissimules là-dessous.

Jess s'écarta brusquement de lui, craignant qu'il n'abaisse son col roulé.

— Du calme, Jess, murmura Benny en se reculant pour lui donner de l'espace.

— Ce n'est...

— Ne me dis pas que ce n'est rien, gronda Kason, qui ne ressemblait plus à cet homme décontracté auquel elle parlait depuis un quart d'heure.

Jess se dit que la rapidité avec laquelle il pouvait changer était effrayante.

— Et ne t'écarte pas de moi comme ça. Merde !

Il posa les deux mains sur le volant et s'y appuya son front pendant un instant avant de tourner le visage, laissant sa tête entre ses mains tandis qu'il la regardait.

— On était en mission une fois. Je ne peux pas te dire où ni pourquoi, mais il suffit de dire que c'était dans un pays dépourvu du genre de droits des femmes qu'on a ici aux États-Unis. Je n'ai jamais été aussi dégoûté que lorsque j'ai vu des femmes se faire battre, frapper et insulter aussi ouvertement. Personne ne s'en préoccupait. Personne ne les défendait. Des enfants étaient mariées à l'âge de douze ans à des hommes quatre fois plus vieux qu'elles. Tu n'auras jamais, jamais à avoir peur que je te fasse du mal physiquement. Je sais que tu ne me crois probablement pas, mais bon sang, Jess, essaye !

Jessyka inspira profondément.

— Je sais, Kason. Je sais. C'est simplement que...

— Je sais, la rassura Kason. Que puis-je faire pour t'aider ?

— Qu'est-ce que tu veux dire ?

— Je veux dire que je suis ton ami. Que puis-je faire pour t'aider ? Tu as besoin d'assistance pour déménager ? Tu as envie que je demande aux filles de rencontrer ton amie pour qu'elle puisse avoir des modèles positifs ? Tu as besoin d'argent ? Tu veux que je casse la gueule de ton coloc ? Dis-moi ce dont tu as besoin.

— Tu as envie de m'aider ?

— Allons, Jess, la taquina Benny, concentre-toi ! Oui, j'ai envie de t'aider.

— Je... je ne sais pas.

— Très bien, alors, pourquoi ne pas commencer par nous échanger nos numéros de téléphone ? Comme ça, quand tu auras les idées plus claires, tu pourras me le faire savoir.

Benny n'insista pas, même s'il en avait envie.

— Euh, d'accord. Oui. Ça me va.

Plus Jess y pensait, plus cela lui plaisait. Elle avait besoin de prendre le temps de réfléchir à Kason et au fait qu'il lui offre son amitié et son aide.

Le silence retomba dans l'habitacle pendant qu'ils s'échangeaient leurs numéros. Jess sursauta quand son téléphone vibra lorsqu'elle reçut un texto. Elle sourit en voyant que c'était de Kason et elle leva les yeux vers lui.

— C'est pour vérifier que tu ne m'aies pas donné les coordonnées d'un livreur de pizza.

Jess se contenta de secouer la tête et lut le message qu'il venait de lui envoyer :

Je ne suis toujours qu'à un texto de toi.

Elle leva les yeux vers lui, sans savoir quoi répondre.

— Je sais que ça ne résout pas vraiment quoi que ce soit, mais j'espère que tu sais que je suis absolument sérieux quand je te propose mon amitié, Jess. Tu n'es pas seule et si tu as besoin de quoi que ce soit, appelle-moi. Sans quoi je vais me mettre en rogne. Je n'ai vraiment pas envie que tu retournes chez toi si ce connard s'y trouve, mais tu ne me connais pas encore assez pour m'autoriser à te faire emménager quelque part. Sers-toi de mon numéro si tu en as besoin. S'il te plaît.

— Je ne sais pas pourquoi tu souhaites être mon ami, mais merci. Ça fait longtemps que je n'ai pas eu l'impression d'en avoir un.

Sans pouvoir résister au besoin qu'il ressentait, Benny tendit une main et caressa lentement le visage de Jessyka. Puis il fit glisser sa main jusqu'à ce qu'elle repose à l'arrière de sa nuque, et il l'attira doucement et maladroitement vers lui dans l'espace réduit de la voiture. Il se pencha et l'embrassa sur le front avant de poser sa tête contre la sienne.

— Fais-moi confiance, Jess.

Benny sentit son léger hochement de tête. Il se recula, lui pressa la nuque pour la rassurer puis la lâcha.

— Et si on rentrait ? Il est tard, tu es fatiguée et il faut que je me lève dans à peu près une heure et demie pour aller à l'entraînement.

— D'accord.

. . .

Quand Benny s'arrêta enfin devant le pavillon que Jess avait indiqué, il mit la voiture au point mort et dit :

— Attends.

Il fit alors le tour du véhicule pour aller lui ouvrir la portière. Jess secoua la tête puis descendit. Kason l'accompagna jusqu'à la porte d'entrée sans l'écouter quand elle affirma que ce n'était pas nécessaire. Puis il se pencha et l'embrassa à nouveau sur le front.

— On se revoit bientôt. Prends soin de toi.

Jess hocha la tête et quand Kason se recula, elle dit :

— Merci.

— Je t'en prie. Ne te coupe pas de moi. J'ai envie que tu m'envoies un texto.

— D'accord.

— Alors c'est d'accord. Au revoir, ma belle.

— Au revoir, Kason.

Jessyka ouvrit la porte et pénétra prudemment dans le pavillon. La dernière chose qu'elle aurait voulue était que Brian soit là à l'attendre. Mais ce n'était pas le cas. Le silence régnait. Jess remonta rapidement les marches vers sa chambre et poussa un soupir de soulagement quand elle se retrouva dedans, la porte fermée.

Elle détestait avoir peur de Brian, mais elle sentait toujours ses doigts enroulés autour de son cou. Il s'était mis en colère sans provocation. Elle savait que neuf jours seraient de trop. Elle devait agir avant.

Le téléphone que Jess gardait serré dans sa main vibra. Elle baissa les yeux et sourit.*Dors bien. On se parle plus tard.*

Elle ne savait pas comment elle avait eu la chance que Kason décide de lui offrir son amitié, mais elle n'allait certainement pas s'en plaindre. Elle avait l'impression que c'était la seule bonne chose qui lui soit arrivée cette année.

Bon nui. A +

Elle s'attendait à ce que cela s'arrête là, mais très vite après avoir appuyé sur la touche envoi, son téléphone vibra à nouveau.

Alors tu es le genre de personnes à écrire en langage texto ?

Elle ne put retenir le petit rire qui lui échappa. Elle ne se souvenait pas de la dernière fois où elle avait ri à gorge déployée.

Apparmnt. Text pas qd tu condui.

Je suis à un feu rouge. Bonne nuit, ma belle.

Bon nui.

Jess éteignit son téléphone avec un sourire. Demain... non, aujourd'hui promettrait d'être une meilleure journée. Elle avait assurément bien commencé.

4

Benny ne cessait de penser à Jessyka. Il ne l'avait pas vue et ne lui avait pas parlé depuis plusieurs jours, à l'exception des quelques textos qu'ils avaient échangés. Ils avaient tous été initiés par lui, mais elle avait toujours répondu, ce qui le rassurait un peu.

Il n'avait pas eu l'occasion de retourner au bar, mais il ne voulait pas non plus donner l'impression qu'il la harcelait. Il savait que Jess le contacterait au besoin. Il ne pouvait pas la forcer.

En vérité, elle lui plaisait. Il ne pouvait pas vraiment dire qu'il la connaissait vraiment, mais il n'avait pas menti quand il lui avait dit que jusque-là, il aimait ce qu'il avait vu.

La veille au soir, Benny avait parlé d'elle à Dude. Il était allé chez lui pour dîner avec lui et Cheyenne. Apparemment, les mecs se le « passaient » comme un chiot perdu. Toutes les semaines, ils l'invitaient à tour de rôle à venir dîner. Benny ne refusait jamais, d'abord parce qu'il appréciait ses amis et leurs femmes, mais aussi parce que ça craignait de rester tout seul chez lui.

Certes, il aurait pu sortir et se trouver une gonzesse pour une nuit, mais il n'en ressentait pas particulièrement le besoin, surtout depuis sa petite discussion avec Jessyka.

Après avoir dîné et regardé un film, Cheyenne était allée se coucher et Dude lui avait demandé comment il allait. Celui-ci avait bondi sur l'occasion pour lui parler de Jess.

« Tu te souviens de la serveuse du bar, la dernière fois qu'on y est allés ? »

« Oui. Jess, c'est ça ? »

« Oui. On a tous vu l'état dans lequel elle était cette nuit-là. Je n'arrivais pas me la sortir de l'esprit. Je veux dire que j'ai l'impression de la connaître, avec tout le temps qu'on passe dans cet endroit. Je crois qu'on n'a eu un autre serveur que deux ou trois fois. »

Dude avait hoché la tête.

« Oui, elle avait l'air un peu mal en point. Je n'ai pas aimé la façon dont elle a grimacé quand tu l'as touchée. »

« Moi non plus. Je suis allé au bar l'autre soir et elle avait l'air encore pire. »

« Comment ça ? »

« Elle portait un putain de col roulé. »

« Tu te fous de ma gueule ? »

« Non. »

« Comment elle a justifié la chose ? »

« Eh bien, elle n'en a pas vraiment parlé, mais il se passe des trucs dans sa vie et ça la stresse. Elle vit avec son ex et apparemment, il veut la foutre dehors. »

« Visiblement, ce serait mieux pour elle. »

« Ouais, mais ça ne me plaît pas. Je lui ai donné mon numéro, mais merde, Dude, je m'inquiète quand même pour elle. »

« Tu veux que Tex mène sa petite enquête ? »

« Oui, mais je ne lui demanderai pas. »

« Pourquoi pas ? C'est ce que je ferais à ta place. Tu sais que je garde Cheyenne sous surveillance 24h/24. Je ne la laisserai plus se faire enlever par un connard. »

« Je n'arrive pas à croire que les filles aient accepté tout ça. »

« Tu ne comprends pas. »

Benny avait acquiescé.

« Tu as raison. Ça me dépasse un peu. Mais ce n'est pas parce que je n'ai pas ma propre femme que je ne comprends pas votre envie de veiller sur leur sécurité. »

« Je ne voulais pas dire... »

« Non, c'est bon. J'ai compris ce que tu as voulu dire. J'aime bien Jessyka, Dude. Je ne la connais pas vraiment, mais je m'inquiète pour elle. Je n'aime pas le fait qu'elle vive avec un mec, d'autant qu'il lui a donné un délai pour dégager du pavillon qu'ils partagent. Je n'aime pas le fait qu'elle se sente obligée de rester pour la nièce de ce type qui a des problèmes d'estime personnelle. Je n'aime pas le fait qu'il l'ait probablement malmenée et meurtrie. Et je n'aime vraiment pas savoir qu'elle n'a pas assez d'argent pour déménager. »

« Qu'est-ce que tu vas y faire ? »

« Je n'en sais rien. »

« Je peux te donner un conseil ? »

« Je t'en prie. Je n'aurais pas mentionné tout ça si je ne voulais pas de tes conseils, Dude. »

« Ne lui donne pas le choix. Visiblement, elle a besoin d'aide. Si elle est aussi indépendante que Cheyenne et les autres femmes, elle ne te demandera rien. Elle essayera de tout résoudre toute seule. Ne lui laisse pas le choix. »

« Et si ça la contrarie ? »

« On s'en fiche. Si elle se met en colère, ce n'est pas grave. Elle s'en remettra. Si ça te tient à cœur et qu'elle a besoin d'aide, aide-la. Elle te remerciera un jour. »

Benny y avait réfléchi un moment.

« Tu as raison. »

« Bien sûr, Benny Boy. »

Benny avait levé les yeux au ciel.

« Merci, mon pote. »

« Je t'en prie. Maintenant, rentre chez toi. Ma gonzesse est dans la chambre, et si elle est gentille, elle a fait ce que je lui ai dit et elle m'attend comme je le lui ai demandé. »

« Bon sang, Dude, je n'avais vraiment pas besoin de le savoir. »

Dude se contenta de sourire.

« J'y vais. Quand Cheyenne et toi aurez fini, remercie-la pour le dîner. »

« Je n'y manquerai pas. »

À présent, Benny repensait à cette conversation avec son ami et il sut qu'il devait passer à l'acte. Il ne voulait plus attendre. Il voulait savoir comment Jess se portait et si elle n'allait pas l'appeler, alors c'était à lui de la contacter.

Il touilla la sauce pour les spaghettis sur la cuisinière et vérifia la cuisson des pâtes. Elles étaient quasiment prêtes. Préparer des pâtes pour une seule personne était facile, et il en avait souvent assez pour le lendemain. Il confectionnait toujours une sauce maison, parce qu'il n'y avait rien de pire que ces merdes en conserve achetées en magasin.

En entendant son téléphone vibrer, Benny y jeta un œil. C'était un texto de Jess. Il sourit et s'en empara.

J'ai besoin de toi

Les muscles de Benny se contractèrent immédiatement. Ces mots semblaient tellement sinistres sur l'écran de son portable. Il n'hésita même pas.

Où es-tu ?

Assise dvt mon appart

J'arrive

Il prit le temps d'éteindre le feu, mais c'est tout. Fourrant rapidement le téléphone dans sa poche, il se dirigea vers la porte. Trente secondes après avoir écrit la dernière lettre de son texto, il était dans sa voiture, en route vers chez Jess.

Au mépris du danger, il renvoya un message à Jess pendant qu'il se rendait chez elle.

Ça va ?

Il attendit impatiemment sa réponse.

Non

Merde.

Tu as besoin d'un médecin ?

Peut-être

Benny appuya à fond sur la pédale. Putain de merde !

Tu es en sécurité où tu es ?

Je pense

Va quelque part où tu sais que tu es en sécurité

Je n'ai pas ce genre d'endroit

Appelle-moi

Au diable avec les textos. Benny avait besoin d'entendre sa voix. Son téléphone sonna et il répondit en le mettant sur haut-parleur.

— Jess ?

— Oui, c'est moi.

Elle parlait d'une voix basse et éraillée.

— J'arrive. Je devrais mettre environ dix minutes. Ça va aller ? Tu veux que j'appelle une ambulance ?

— Non.

— Tu me fais peur, ma belle. Parle-moi.

— Tabitha est partie.

— Qu'est-ce que tu veux dire ? Qui est Tabitha ?

Benny n'aimait pas le son monotone de la voix de Jessyka. Elle semblait choquée.

— Elle s'est tuée.

Benny appuya sur le champignon. Il avait largement dépassé la limite de vitesse, mais Jess avait besoin de lui et il n'était pas là.

— Jess…

— Je lui ai dit hier que je partais et elle s'est suicidée.

Benny comprit soudain qui était Tabitha. Merde.

— Pourquoi n'es-tu pas à l'intérieur ?

Il fallait que Benny comprenne ce qui était en train de se passer.

— Brian s'est mis super en colère.

Merde. Il comprenait enfin la situation.

— D'accord, ma belle. Reste où tu es. Je viens te chercher, d'accord ? Accroche-toi, j'arrive dans une seconde.

— Il…

— Chut, l'interrompit Benny.

Il ne voulait pas que Jess revive quoi que ce soit d'autre avant qu'il ne parvienne à ses côtés.

— J'arrive vite. Tu pourras tout me dire quand je serai là. Accroche-toi.

— Je suis tellement fatiguée, Kason. Tu as dit que tu étais mon ami, n'est-ce pas ? J'ai besoin d'un ami.

— Je suis ton ami, Jess. Tu pourras te reposer à mon arrivée. Je m'occuperai de toi.

— D'accord.

— Tu peux raccrocher, Jess. Je ne suis plus qu'à un pâté de maisons de chez toi. J'arrive dans une seconde.

— D'accord, répéta-t-elle du même ton monocorde et détaché.

Elle raccrocha.

Benny serra les poings autour du volant jusqu'à ce que ses jointures blanchissent. Bon sang, c'était une sale situation. Il avait l'impression de ne connaître que des bribes de l'histoire, mais ce qu'il savait était déjà suffisamment négatif.

Il s'approchait du virage pour entrer dans le complexe de Jess quand il l'aperçut. Elle était assise sur le trottoir, les mains autour des genoux, les yeux braqués à terre. Elle ne bougea pas, même lorsque les phares de sa voiture l'éclairèrent. Benny se mit rapidement au point mort et sortit. Il s'approcha d'elle avec précaution afin de ne pas lui faire peur.

— Jess ?

Elle leva brusquement la tête en entendant sa voix et sembla sur le point de décamper. Quand elle vit que c'était lui, elle se détendit et soupira :

— Kason.

Sans hésiter, Benny s'approcha et s'assit à côté d'elle. Il avait vraiment envie de la prendre dans ses bras et de la serrer contre lui, mais tant qu'il ignorait la situation et l'étendue de ses blessures, il s'en abstiendrait.

Le visage de Jess était maculé de larmes et bouffi par les pleurs. Son haut était déchiré près du cou et dénudait une épaule. Benny apercevait une bretelle de soutien-gorge qui contrastait avec sa peau. Il ne voyait pas grand-chose d'autre, mais le chemisier déchiré suffisait à lui donner envie de tuer quelqu'un.

Benny posa sa main à l'arrière de la tête de Jess et la pressa délicatement.

— Où as-tu mal, ma belle ?

— Partout.

— J'ai besoin de plus de précisions, Jess. Que s'est-il passé et où t'a-t-il fait mal ?

Ignorant la première partie de sa question, elle répondit à la seconde :

— J'ai mal quand je respire. Brian m'a donné un coup de poing dans le ventre. Mon dos me fait mal parce qu'il m'a poussée et que je suis tombée sur le coin de la table basse. Ma jambe me fait mal parce que c'est toujours comme ça quand je force trop. Mon visage me fait mal parce qu'il m'a giflée plusieurs fois, et j'ai encore mal au cou depuis l'autre jour.

Elle s'interrompit un moment puis ajouta à voix basse :

— Et j'ai mal au gros orteil parce que je me le suis cogné en venant ici pour m'asseoir et t'envoyer un texto.

Benny ne put s'empêcher de sourire en entendant la dernière partie de son explication. Il n'y avait abso-lument pas matière à le faire, mais Jess était si mignonne avec son pauvre orteil !

— Tu crois que tu peux marcher jusqu'à ma voiture ?

Jess regarda le véhicule au moteur toujours allumé qui était stationné à environ un mètre et demi de l'endroit où ils étaient assis et, avec un zeste de sa combativité d'autrefois, elle répondit :

— Je crois que je vais y arriver.

Mais Benny ne se dérida pas.

— Très bien, alors lève-toi. Il faut que je t'emmène loin d'ici.

Il aida Jess à se redresser et la soutint quand elle oscilla. Il passa un bras autour de sa taille et la soulagea de la majeure partie de son poids alors qu'elle se dirigeait en titubant vers sa voiture. Même s'ils n'étaient qu'à quelques dizaines de centimètres de la portière, Benny n'était pas convaincu que Jess y soit parvenue toute seule.

Il referma la portière et regagna au pas de course le côté conducteur. Il débordait d'un million de questions, mais il voulait d'abord éloigner Jess de cet endroit.

Avant de partir, il se pencha vers elle, s'empara de sa ceinture de sécurité et l'enclencha. Elle n'avait pas bougé depuis qu'il l'avait aidée à s'asseoir et cela l'inquiétait vraiment.

— Accroche-toi, Jess.

Il la vit hocher la tête.

Benny avait essayé de ne pas quitter le parking en trombe, mais il entendit les pneus crisser alors qu'il faisait demi-tour et prenait à droite vers les urgences. Il ne voulait pas courir le moindre risque. Jess avait l'air mal en point et il n'aimait pas son regard distant. Elle disait qu'elle avait mal partout ? Eh bien, les médecins s'assureraient qu'elle n'avait rien de cassé et qu'elle ne souffrait pas d'une hémorragie interne. Elle n'avait pas expliqué qu'elle avait été attaquée, mais elle était peut-être embarrassée et honteuse de l'avouer. Elle pensait peut-être qu'elle ne le connaissait pas assez pour l'admettre. Le simple fait de s'imaginer qu'elle soit blessée lui provoqua une poussée d'adrénaline.

Benny s'arrêta devant la porte des urgences et il tendit le bras afin de placer délicatement la main sur la joue de Jess.

— On est arrivés.

Elle avait gardé les yeux fermés durant tout le trajet et à présent, elle tournait la tête pour voir où ils étaient. Benny la vit pâlir.

— Non, s'il te plaît. Je ne veux pas.

— Je resterai avec toi. Il le faut, Jess. Tu le sais.

Elle demeura silencieuse un instant et comme elle ne protesta pas davantage, Benny comprit qu'elle souffrait vraiment. Il aurait voulu tuer Brian. Il ne savait pas à quoi il ressemblait ou bien où il se trouvait pour le moment, mais il n'avait jamais autant voulu tuer quelqu'un de toute sa vie.

— Viens, ma belle, on va t'emmener à l'intérieur.

Benny aida Jess à sortir de la voiture et quand elle oscilla dès le premier pas, il la prit tout simplement dans ses bras. Il sentit quelque chose fondre à l'intérieur de lui lorsqu'elle passa les bras autour de sa nuque et posa sa tête sur son épaule.

Benny se dirigea à grands pas vers la réception.

— Nous avons besoin d'un médecin.

— Quel est le problème, monsieur ?

La réceptionniste réussissait la prouesse de paraître tout à la fois professionnelle et contrariée. Benny serra les dents.

— Le problème est que mon amie vient de se faire casser la figure. Elle a mal et a besoin d'un check-up pour vérifier qu'elle n'a pas de fracture et qu'elle ne va pas mourir d'une hémorragie interne ou quelque chose dans ce genre.

La femme en resta momentanément ébahie et dévisagea Benny.

Celui-ci sentit la main de Jess s'enrouler derrière sa nuque pour essayer de le calmer, et la chair de poule qui en résulta lui descendit jusqu'aux orteils. Il n'avait encore jamais connu cela... et que cela arrive maintenant, dans une telle situation, était presque incroyable. Il resserra sa prise sur elle et la serra un peu plus fort.

— Très bien, monsieur, si vous voulez bien me suivre dans le couloir, on va l'installer et une infirmière viendra l'examiner le plus rapidement possible.

Benny serra les dents face à son ton qui suintait la fausse politesse et il étreignit Jess fort alors qu'il suivait la réceptionniste dans le couloir.

Il plaça délicatement Jess sur le lit puis alla s'asseoir sur la chaise à son chevet.

La réceptionniste claqua la langue et dit :

— Je suis désolée, monsieur, seuls les parents ont le droit de se trouver ici avec les patients. Vous allez devoir patienter dans la salle d'attente.

— Oh, certainement pas ! répondit Benny d'un ton impatient. Je reste ici.

Il s'assit sur la chaise et tendit le bras pour saisir la main de Jess. Il y déposa un baiser et ignora les récriminations de l'employée qui essayait toujours de le faire partir.

Quand elle s'éloigna enfin, Jess se tourna vers Benny et lui dit avec le premier soupçon de sourire qu'il lui avait vu depuis qu'il l'avait trouvée :

— Tu vas t'attirer des ennuis.

— Peu m'importe. Je ne pars pas.

Cinq minutes plus tard, une infirmière flanquée d'un agent de sécurité tira le rideau.

— Monsieur, vous devez vous rendre dans la salle d'attente pendant qu'on examine votre amie, lui demanda-t-elle.

— Non.

— Monsieur...

Benny l'interrompit et s'expliqua en les regardant dans les yeux, l'agent et elle :

— J'ai reçu un texto de mon amie Jess, ce soir (il désigna du menton Jessyka allongée sur le lit et poursuivit :) et elle a dit qu'elle avait besoin de moi. Elle n'a aucune famille proche dans la région. La fille qu'elle aime comme une sœur s'est suicidée aujourd'hui. Son coloc et ex-compagnon l'a tabassée, comme vous pouvez le voir. Elle a mal et elle a peur, alors elle m'a appelé *moi*. Je suis membre des Forces Spéciales et je suis en mesure de la protéger. Je ne la laisserai pas. Je me boucherai les oreilles et chanterai une chanson s'il y a des points confidentiels que vous ne voulez pas que j'entende. Je ferai tout ce que vous voulez... sauf partir.

Il baissa la voix tout en plaidant avec ces inconnus de le laisser rester.

— Je vous en prie. Elle a besoin de moi.

C'était vrai. Ils le voyaient tous. La main de Jess serrait fort la sienne et elle regardait successivement Benny et l'agent de sécurité d'un air appréhensif.

— Madame ? Vous souhaitez qu'il reste ?

Même s'il savait qu'ils étaient tenus de le lui demander, cela le contraria quand même. Il était conscient qu'ils devaient se dire que c'était lui qui l'avait frappée, mais il s'en fichait. Il ne partirait pas, quoi qu'ils puissent en penser.

Jessyka savait aussi manifestement le sous-entendu.

— Oui, je vous en prie. Laissez-le rester. Je me sens plus en sécurité quand il est là. Tant qu'il est ici, je sais que Brian ne pourra pas m'atteindre. Je vous en prie...

L'infirmière le foudroya du regard.

— Très bien. Mais si vous nous causez des

problèmes, je vous éjecte si vite que vous n'aurez pas le temps de reprendre votre souffle. Soldat d'élite ou pas.

Benny ne put que hocher vigoureusement la tête. Ils le laissaient rester. Il ignora immédiatement l'infirmière et se retourna vers Jess.

— Tu as raison. Il ne te touchera pas tant que je serai ici. Détends-toi. Ils vont t'aider à ne plus avoir mal puis je t'emmènerai ailleurs. Accroche-toi pour moi.

Benny resta assis aux côtés de Jess pendant que l'infirmière et le médecin l'examinèrent chacun à leur tour. Il se déplaça quand ils le lui demandèrent, mais ne rompit pas le contact avec Jess. Il garda une main sur sa tête, puis sur son bras, puis son pied, avant de la replacer sur sa tête. Quand le médecin ne l'examinait pas, il était là, à la toucher pour lui assurer qu'elle n'était pas seule.

À présent qu'ils étaient à la lumière, Benny voyait correctement le cou de Jess pour la première fois. Il dut invoquer tout son contrôle pour ne pas sortir de la pièce en trombe afin d'aller pourchasser Brian. Les bleus sur son cou avaient la forme de doigts. Ce salaud l'avait étranglée. C'était évident qu'ils dataient de plusieurs jours, alors cela n'était pas arrivé ce soir-là. Pas étonnant qu'elle ait porté un col roulé la dernière fois qu'ils s'étaient vus.

Benny inspira profondément à plusieurs reprises et essaya de rester concentré. Il ne pouvait pas se laisser aller alors que Jess avait besoin de lui.

Une fois que le médecin eut terminé son examen, Benny se rassit et reprit la main de Jess.

— Ça ne m'a pas l'air très pas grave. Vous avez de la chance, Jess, souffla le médecin. Vous allez probablement avoir un bleu au visage ainsi qu'un œil au beurre noir. Je ne sens aucune côte brisée ou aucune autre fracture. Votre dos va vous faire mal pendant encore un moment, mais je vais vous prescrire des antidouleurs et si vous vous reposez bien durant les deux journées qui vont suivre, vous pourrez reprendre vos activités sans le moindre problème.

— Elle doit parler à la police avant de partir, dit Benny au docteur.

Il s'était dit que Jess allait protester, mais elle se contenta de hocher la tête comme si elle s'était déjà résignée à l'inévitable.

— D'accord. Je reviens avec le sergent et ces antidouleurs que je vous ai promis. Détendez-vous.

La pièce resta silencieuse un moment après le départ du médecin. Benny leva la main qui ne serrait pas celle de Jess et la fit délicatement courir sur son front. Sur sa joue. Puis sur son épaule. Enfin, il caressa du revers de la main chacun des bleus qu'elle avait sur le cou.

— Je ne t'aurais pas laissée y retourner si j'avais su.

Jess avait visiblement pensé la même chose que lui, parce qu'elle répondit :

— Je sais.

— Je déteste savoir qu'il t'a fait ça.

— Je sais.

— Tu n'y retournes pas.

— Je sais.

Benny sourit pour la première fois de la soirée.

— C'est la seule chose que tu vas me dire ?

— Peut-être.

Il redevint sérieux.

— Je pensais ce que j'ai dit tout à l'heure. Brian ne te touchera plus jamais.

Benny n'entendit pas la réponse, car un agent de police entra dans la petite pièce. Pendant la demi-heure qui suivit, Jess revint sur ce qui s'était déroulé.

Enfin, une fois qu'elle eut fini, l'agent lui demanda :

— Puis-je vous parler en privé ?

Benny savait ce que cela signifiait. Comme tout bon policier, il voulait s'assurer que Benny n'avait rien à voir dans cette histoire et que ce n'était pas *lui* qui avait frappé Jess.

Il vit qu'elle s'apprêtait à protester. Ayant besoin d'un moment pour se reprendre après ce qu'il venait d'entendre, Benny se redressa et se pencha vers elle. Il lui déposa un baiser sur le front et dit doucement, mais suffisamment fort pour que le policier puisse l'entendre :

— Je resterai juste derrière la porte, ma belle. Je ne laisserai entrer personne. D'accord ? Termine ce que tu as à faire et on pourra s'en aller.

Il se redressa et croisa son regard avec assurance. Ce que Jess lut dans ses prunelles fut apparemment suffisant, parce qu'elle hocha la tête et dit doucement :

— D'accord.

Benny salua l'officier en sortant de la pièce. Comme il l'avait dit à Jess, il s'appuya contre la paroi extérieure de sa chambre et attendit. Il ferma les yeux, entendant ses mots résonner dans son esprit. Il savait qu'il ne les oublierait jamais.

« Il m'a dit que c'était ma faute. »

« Il m'a donné un coup de poing dans le ventre et m'a dit que j'étais moche. »

« Il n'a pas voulu me lâcher la gorge même quand je lui ai enfoncé mes ongles dans le poignet. »

« Il m'a donné un coup de pied dans la hanche en disant que ça ne ferait rien puisque je suis déjà infirme. »

Benny serra les dents, tira son téléphone et appela Wolf.

— Salut, Benny.

— Wolf. Il se passe quelque chose ; j'ai besoin de quelques jours de congé.

La voix de Wolf, détendue, devint sérieuse en un instant.

— Bien sûr. Je m'arrangerai avec le commandant. On peut faire quelque chose ?

— Peut-être. Je te tiendrai au courant. Tu te souviens de Jess, la serveuse aux cheveux noirs du bar ?

— Bien sûr.

— Elle m'a appelé ce soir. Je suis à l'hôpital avec

elle et je la ramène chez moi. Je sais qu'Ice et les autres voudront... Donne-moi simplement quelques jours avant de nous les lâcher dessus... d'accord ?

— Bien sûr. Est-ce qu'on peut faire quelque chose de notre côté ?

— Oui, contacte Tex à propos d'un Brian Thompson.

Benny donna son adresse à Wolf.

— Il a cassé la figure de Jess ce soir, et apparemment, ça arrive régulièrement. Il a aussi une sœur dont la fille s'est suicidée aujourd'hui.

— Putain, Benny ! Tu es certain de ne pas avoir besoin de nous ?

— Merci, mais je me débrouille. La police était là ce soir, mais je n'ai pas besoin que ce connard se mette dans la tête d'essayer de se venger ou bien de retrouver Jess.

— On s'en occupera pour toi. Appelle-moi si tu as besoin de quoi que ce soit d'autre.

— Je n'y manquerai pas. Et merci encore.

— De rien. C'est ça être une équipe.

Benny raccrocha, se sentant un peu mieux, mais toujours bien trop irrité. Les paroles de Jess résonnaient dans son esprit. *Il m'a donné des coups de pied... Il m'a frappée... Il ne voulait pas me lâcher la gorge...*

Jess était un sacré bout de femme, et il connaissait son lot de femmes fortes. Benny savait que Jess n'en conviendrait peut-être pas, mais il devait le lui faire voir.

L'agent de police passa la tête par la porte et, voyant que Benny se tenait là, lui dit qu'il avait fini de parler à Jessyka. Le soldat hocha la tête et retourna auprès de Jess.

Dix minutes plus tard, ils étaient en route. Le médecin était venu et avait donné des antidouleurs à Jess, avec une ordonnance si elle en avait besoin. Il l'avait aussi prévenue de ne pas trop forcer.

Jess avait insisté pour sortir toute seule, mais Benny resta à ses côtés durant tout le trajet. Ils se dirigèrent lentement vers la salle d'attente où Benny, voyant qu'elle s'épuisait, la fit asseoir et lui ordonna gentiment de l'attendre.

Benny comprit qu'elle avait toujours mal quand elle s'assit sans protester à l'endroit où il le lui avait indiqué.

Il se précipita à l'extérieur et alla chercher la voiture qu'il avait dû aller garer plus tôt. Puis il revint à l'intérieur pour chercher Jess. Elle était assise sur la chaise et serrait si fort les accoudoirs que ses jointures avaient blanchi.

— Viens, ma belle. Sortons de là.

Benny se pencha et prit Jess dans ses bras. Il soupira, soulagé de voir qu'elle ne protestait pas.

Il sortit de l'hôpital à grands pas, tenant Jess entre ses bras. Après l'avoir installée sur le siège passager, il se dirigea vers son appartement.

— Dans quel hôtel m'emmènes-tu ? marmonna Jess à côté de lui, d'une voix endormie.

Il tourna vivement la tête pour la regarder d'un air incrédule.

— Tu ne vas pas dans un putain d'hôtel. Tu viens chez moi.

— Mais, Kason, ce n'est pas correct.

— Tu ne m'as pas entendu tout à l'heure quand je t'ai dit que je ne te quitterais pas ?

— Kason, tu n'as pas besoin de rester avec moi tout le temps. J'ai compris ce que tu as dit quand on était là-bas. Et j'apprécie. Vraiment. Mais c'est fou. Tu ne me connais pas.

— J'aimerais que tu arrêtes de dire ça. Je te connais, Jessyka – avec un y-k-a – Allen. Je sais que je ne peux pas te garder à mes côtés 24h/24. Ce n'est pas pratique ni pour l'un ni pour l'autre. Mais pendant les deux jours qui viennent, je vais pouvoir. On va parler de ce qui t'est arrivé. On parlera de Tabitha. Tu pleureras et tu me laisseras te prendre dans mes bras pour te consoler pendant que mon équipe s'assurera que Brian ne te recontacte plus jamais. Après quoi, on trouvera une solution pour te loger. Mais pour le moment, tu rentres dans mon appartement et je ne veux plus t'entendre protester.

Benny inspira profondément et regarda rapidement Jess pour voir l'effet que ses paroles avaient eu sur elle. Incroyablement, elle souriait.

— Qu'est-ce qui te fait sourire ?

— Je te remercie, Kason. Je ne savais pas où j'allais

me retrouver ce soir. Alors merci de m'avoir retiré ce poids pour le moment.

— Je t'en prie. Maintenant, ferme les yeux et détends-toi.

— Tu me l'as déjà dit.

— Ouais, et bien cette fois, quand tu les rouvriras, on sera chez moi et pas dans un parc.

Jessyka lui obéit et, quelques secondes plus tard, elle s'endormait.

5

Jess reprit lentement ses marques. Elle tourna la tête et rouvrit les yeux, voyant alors que Kason l'observait depuis le siège passager de la voiture.

— Oh, on est arrivés ?

— Oui.

Comme il n'ajoutait plus rien, Jess lui demanda :

— On ne va pas entrer ?

— Si. Tu avais simplement l'air si paisible et détendue que je ne voulais pas te réveiller.

Kason leva une main pour lui replacer une mèche de cheveux derrière l'oreille.

— Reste ici. Je fais le tour.

Jess se contenta de hocher la tête. Kason avait une lueur étrange dans les yeux. Elle ne parvenait pas vraiment à la déchiffrer, mais cela ressemblait terriblement à de la tendresse. Elle ne se souvenait pas de la dernière fois où quelqu'un l'avait regardée de la sorte et cela lui plaisait beaucoup.

Kason lui ouvrit la portière et la tint par le coude alors qu'elle sortait de la voiture. Il se pencha, prit son sac et l'aida à pénétrer dans son appartement. C'était au rez-de-chaussée et il avait ouvert la porte et l'avait fait entrer avant qu'elle n'ait véritablement eu le temps d'observer le complexe.

— Je croyais que vivre au rez-de-chaussée était plus dangereux que d'être dans les étages ? demanda Jess, qui s'exprima sans vraiment réfléchir.

Elle vit Kason lui sourire.

— Pour une femme célibataire ? Oui. Pour moi ? Pas tant que ça. En plus, je n'aime pas vraiment habiter en immeuble avec d'autres personnes. Je ne sais pas ce qu'ils font, et s'ils foutent le feu, je préfère pouvoir m'échapper sans avoir à sauter d'un balcon ou un truc de ce genre.

— Je n'y avais jamais pensé.

Kason rit et encouragea Jess à continuer d'avancer dans son appartement en posant une main sur ses reins, tout en prenant garde à ne pas toucher la grosse ecchymose sur son dos là où elle avait atterri sur la table basse plus tôt dans la soirée.

Jess jeta un œil autour d'elle. L'appart de Kason n'avait rien de spécial. Elle avait honte de le penser, mais c'était vrai. Les murs étaient blancs et, bien sûr, l'un d'eux arborait un écran télé gigantesque. Il y avait un énorme canapé à plusieurs sections avec une vieille table basse placée devant. La cuisine se trouvait derrière, ce qui était relativement typique en appartement. Elle repéra aussi un réfrigérateur, une cuisinière à quatre plaques, un micro-ondes, un lave-vaisselle et un petit comptoir avec deux tabourets. Jess vit deux casseroles sur les plaques. L'une contenait de l'eau avec des pâtes et l'autre une sauce rouge.

Elle se tourna vers Kason.

— J'ai interrompu ton dîner ? Je suis vraiment désolée !

— Ce n'est pas grave, Jess.

— Non, sincèrement. Je suis désolée.

Kason avait mené Jess jusqu'au canapé et l'avait aidée à s'y installer. Il l'avait placée au milieu et une fois qu'elle se fut assise, il lui souleva les pieds et les étendit sur les coussins.

Sans un mot, il lui délaça ses chaussures et les rangea par terre sous la table basse. Puis il prit un coussin de l'autre côté du canapé et aida Jess à le positionner sous sa tête. Après quoi, il se pencha et posa ses mains de part et d'autre d'elle. Il gardait une voix basse et contrôlée.

— Je me fiche du dîner. Je peux le refaire. Je ne peux pas en dire autant de toi, Jess. Alors oui, si tu m'envoies un message pour me dire que tu as besoin de moi, quoi que je fasse, je laisserai toujours tout en plan pour venir te rejoindre.

Il s'interrompit comme pour lui donner le temps de digérer ses paroles.

— Tu as compris ?

Jess hocha la tête. Elle ne savait pas si elle comprenait vraiment, mais il était évident que Kason pensait ce qu'il disait, alors elle n'insista pas.

— Tu as faim ?

Elle secoua la tête.

— Tu as mal ? Tu veux que je te serve quelque chose ?

Jess secoua à nouveau la tête.

— Bon, mets-toi à l'aise. Je reviens tout de suite.

Jess vit Kason se redresser et descendre le couloir qui sortait du salon. Elle ferma les yeux, essayant désespérément de rester dans le moment et de ne pas laisser ses pensées revenir sur ce qui s'était passé ce soir-là.

Kason revint quelques minutes plus tard. Il portait à présent un pantalon de jogging découpé à l'arrache et un t-shirt qui semblait avoir connu ses heures de gloire vingt ans auparavant. Il était pieds nus et ses cheveux étaient ébouriffés, comme s'il y avait passé les doigts plusieurs fois. Il avait dans les bras deux coussins et une couverture pelucheuse qu'il posa sur la table basse. Puis, toujours sans rien dire, il pénétra dans le coin cuisine.

Jess entendit le robinet couler et le réfrigérateur s'ouvrir. Kason fit à nouveau le tour du canapé et elle vit qu'il tenait deux verres d'eau qu'il posa également sur la table basse. Puis il se tourna et baissa les yeux vers elle comme s'il essayait de décider où s'asseoir.

Enfin, il s'approcha de sa tête et souleva lentement le coussin afin de pouvoir s'asseoir. Après avoir replacé le coussin sur sa jambe, il reposa doucement la tête de Jess. Sa main vint se poser sur son front et elle y resta. De temps en temps, son pouce se déplaçait le long de ses cheveux en une douce caresse, sans quoi il restait immobile.

Comme il ne disait rien, Jess leva les yeux vers lui. Kason avait basculé la tête en arrière afin de la caler sur le dossier du canapé, et il avait les yeux fermés.

— Kason ?

— Oui, Jess ?

— Tu vas bien ?

Il releva la tête et baissa les yeux vers elle.

— Oui. Je vais bien. Je suis simplement soulagé que tu sois là et que ce saligaud ne t'ait pas fait plus de mal. J'essaye de trouver un moyen pour que tu me parles de ce qui s'est passé sans que tu sois obligée de revivre tout ça, mais je n'en vois aucun.

Jess ferma les yeux en entendant les mots de Benny et dit d'une petite voix :

— Est-ce que je suis obligée d'en parler ?

— Oui, je crois que oui. Jess, regarde-moi.

Jess inspira profondément et ouvrit les yeux. Kason se penchait à présent sur elle, avait posé une main sur sa joue et l'y maintenait tandis qu'il mettait l'autre sur son ventre.

— Je suis passé par là aussi, ma belle. Pas exactement par la même chose, mais j'ai été capturé lors d'une mission. On nous a... demandé... de fournir des informations... mais on a refusé. J'ai un cousin qui s'est suicidé aussi. La femme de Cookie a connu l'enfer après avoir été enlevée par des trafiquants du sexe au Mexique... et elle a eu une crise parce qu'elle ne s'était jamais confiée à qui que ce soit.

» Je suis passé par là, Jess. Je sais à quel point il est important d'en parler. Je ne suis probablement pas la meilleure personne avec qui tu puisses le faire, mais je suis là maintenant, et je suis ton ami. Parle-moi. Dis-moi ce qui s'est passé. Exprime-toi. Puis demain, à la lumière du jour, on pourra essayer de trouver comment continuer. Mais pour le moment, ici et ce soir, défoule-toi sur moi. Je suis ton ami, Jess. Dis-moi tout.

Jess serra fort les paupières.

— Je... Je...

Avant qu'elle n'ait pu achever sa phrase – bien qu'elle ne sache pas vraiment ce qu'elle allait dire –, Kason se déplaça. Il se redressa et encouragea Jess à s'asseoir aussi. Il s'installa à côté d'elle, puis se pencha en arrière afin de caler son dos contre le dossier du canapé. Il fit se rallonger Jess jusqu'à ce qu'elle soit étendue devant lui, le dos contre son torse. Il passa un bras autour de sa taille et la tira en arrière afin qu'elle soit complètement entourée par lui.

— Je te fais mal ?

— Non, lui répondit Jess dans un murmure, même si chaque mouvement était douloureux.

Elle referma les yeux. Elle plia les bras jusqu'à ce qu'ils se retrouvent devant elle et qu'elle puisse poser les mains sous sa joue. Elle sentait le moindre centimètre du corps de Kason derrière elle. Comme elle, il avait plié les jambes et ils étaient en contact des pieds à la tête. La chaleur de son corps se répandit en elle comme s'il était sa couverture électrique chauffante personnelle. Elle n'avait pas réalisé avant cet instant à quel point elle avait eu froid. Elle frissonna.

Kason se pencha par-dessus Jess et s'empara de la couverture posée sur la table basse. Il l'étendit maladroitement au-dessus de leurs corps, la calant avec précaution autour de Jess afin que chaque parcelle de son corps soit couverte. Puis il se rallongea et Jess sentit ses lèvres sur le sommet de sa tête.

Celle-ci sentait que Kason était en attente.

— Je ne sais pas par où commencer, lui dit-elle franchement.

Tellement de choses lui couraient dans la tête qu'elle ne savait pas quoi lui dire.

— Prends ton temps. Je ne bouge pas. Commence par où tu veux.

Quelques instants plus tard, Jess entama son récit :

— J'ai rencontré Tabitha quand elle avait dix ans. Elle était un peu bouboule et triste. J'ai tout de suite vu sa tristesse. Mais elle était tellement intelligente ! Elle parvenait à écrire des histoires qui me faisaient pleurer. Elle avait dix ans, Kason ! Elle était vraiment très douée. Sa mère avait deux boulots, alors elle n'était jamais à la maison. Quant à Brian… eh bien, il n'était pas vraiment un oncle digne de ce nom. Alors j'ai essayé de compenser. Je l'emmenais un peu partout, on partait à l'aventure. On riait, on passait de bons moments. À chaque fois que je la ramenais chez elle, elle était heureuse. Puis la fois d'après, je devais encore la réconforter. J'ai essayé de l'aider. J'ai essayé d'en parler à Tammy, mais elle s'est simplement mise en colère contre moi. J'ai essayé de parler à Brian, mais il m'a répondu qu'il s'en fichait, que Tabitha était grosse et moche et qu'il ne voyait pas pourquoi je m'embêtais.

Jess inspira et sentit la main de Kason qui remontait et descendait le long de son corps. C'était rythmique et apaisant. Il ne l'avait pas interrompue pour poser des questions ; il se contentait de l'écouter. C'était une sensation plaisante.

— Voilà quelques mois, Brian a commencé à s'emporter physiquement contre moi. J'ai toujours su qu'il était colérique, mais une fois qu'on a rompu et qu'on est devenus amis, il a toujours paru garder le contrôle. C'est pour ça que j'ai emménagé avec lui. Il ressemblait plus au mec marrant que j'ai connu au lycée. Je ne sais pas ce qui est arrivé, mais il a forcément dû se passer quelque chose. C'était comme si quelque chose s'était déclenché en lui. Un jour, on riait ensemble si je renversais quelque chose dans la cuisine, et lendemain, il m'attrapait par le bras et m'envoyait valdinguer à travers la pièce en me disant que j'étais une putain d'infirme.

— De la drogue.

— Quoi ?

— De la drogue. C'est la seule chose qui ait pu faire changer sa personnalité du tout au tout comme ça, dit Benny, d'une voix basse et assurée.

Jess y songea. Kason avait probablement raison. Elle ne savait pas avec qui Brian traînait sur les chantiers, mais quelque chose devait forcément avoir déclenché son changement de personnalité. La drogue était une possibilité à considérer.

— Je n'avais pas pensé que son changement pouvait être dû à la came, dit Jess, mais ça m'avait fait peur. Alors quand Brian a commencé à rabaisser Tabitha lorsqu'elle nous rendait visite, j'ai su que je ne pouvais plus la faire venir. J'avais peur pour elle. J'avais peur pour moi. Je ne savais pas quoi faire. Je voulais partir. Je ne suis pas une idiote, Kason. Je te le jure. Je *savais* que je n'aurais pas dû rester avec quelqu'un qui me frappe. Mais si j'étais partie, Tabitha n'aurait eu personne pour la soutenir. J'y ai réfléchi pendant un bon moment.

— Je sais. J'ai vu quand on allait au *Aces* que tu avais des problèmes.

Jess hocha la tête contre lui sans rien ajouter.

— Que s'est-il passé ce soir ?

— Je savais que j'allais devoir partir. Si Brian n'avait aucun scrupule à m'étrangler, à quoi se serait-il arrêté ? J'ai compris que je ne pouvais pas rester jusqu'à la fin du mois, même si ça signifiait ne plus voir

Tabitha. J'ai contacté un foyer d'accueil pour femmes qui a dit qu'ils m'accueilleraient pendant un moment, le temps que j'aie l'argent pour me louer quelque chose.

Dans son dos, Jess sentit les muscles de Kason se contracter. Le bras autour de sa taille se crispa légèrement. Puis elle le sentit desserrer inconsciemment sa prise sur elle.

— Vas-y, l'encouragea-t-il, comme elle ne poursuivait pas.

— Alors j'ai rassemblé quelques affaires et les ai mises près de la porte. Je suis allée parler à Tabitha. Puisque Tammy était dehors, nous sommes restées à l'intérieur et je lui ai parlé pendant une heure. Je lui ai expliqué ce qui s'était passé avec Brian et la raison pour laquelle je partais. Je lui ai dit que je ne l'abandonnais pas *elle*, mais que je ne pouvais plus vivre avec Brian. Je l'ai mise en garde à son propos. Je lui ai dit de ne pas écouter ce qu'il lui disait, qu'elle était belle dedans comme dehors.

La gorge de Jess se serra et elle ravala un sanglot. Elle devait achever son récit.

— Elle m'a serrée dans ses bras et m'a dit de ne pas m'inquiéter pour elle, qu'elle s'en sortirait. On a pleuré un peu toutes les deux. Puis elle m'a donné une copie de la dernière histoire qu'elle avait écrite. J'étais plutôt rassurée quand je l'ai quittée. J'avais eu peur de le lui dire, mais Tabitha était forte. Elle m'a encouragée et a dit qu'elle comprenait. Mais, Kason... ce n'était pas vrai. Elle a menti.

— C'est bon, Jess. Je suis avec toi. Raconte-moi comment ça s'est terminé.

Jess sentit les bras de Kason se serrer autour d'elle. Elle se blottit plus profondément dans la couverture et entre ses bras.

— Un peu plus tard, Brian est revenu alors que j'étais déjà rentrée. Je rassemblais mes dernières affaires quand il a ouvert brusquement la porte. Il s'est dirigé droit vers moi et m'a donné un coup de poing dans le ventre sans rien dire. Je suis tombée contre la table basse et il m'a crié dessus. Il a crié que Tabitha était morte. Qu'elle avait avalé des cachets et qu'elle était morte. Elle n'a laissé aucun mot, mais je sais pourquoi elle a fait ça.

— Non, Jess. Tu ne vas pas commencer à te le reprocher. Je ne te laisserai pas faire, dit fermement Benny.

— Mais, Kason...

— Non, tu n'as rien fait de mal. Tu ne l'as pas tuée. C'était une adolescente de quatorze ans avec une mère qui ne s'occupait pas d'elle émotionnellement. Elle était en surpoids et on se moquait probablement d'elle à l'école. C'était une solitaire qui n'avait pas d'amis. Elle était sensible et créative. Je pourrais continuer, mais votre discussion d'aujourd'hui ne l'a *pas* poussée à commettre ce geste. Elle l'avait manifestement prémédité. Réfléchis.

Jess ne voulait pas y songer et elle secoua la tête ; ce qui n'empêcha pas Kason de poursuivre :

— Elle s'accrochait peut-être à *toi*. Elle existait peut-être simplement en pilotage automatique, parce qu'elle s'inquiétait pour toi. Une fois qu'elle a su que tout irait bien pour toi et que tu allais t'en sortir, elle s'est sentie libre de faire ce qu'elle pensait être son unique solution. Je ne peux pas le justifier. Je ne crois pas que le suicide soit la solution pour échapper à des problèmes émotionnels, mais Jess, tu ne peux pas te le reprocher. Toi aussi es une victime dans cette histoire.

Jess ne parvint pas à répondre. C'était simplement trop douloureux.

— Tourne-toi, ma belle, laisse-moi te prendre dans mes bras.

Jess se tourna maladroitement dans les bras de Kason, jusqu'à ce qu'elle se retrouve face à lui. Puis elle plaqua la tête contre sa poitrine et renifla.

— Termine ton récit, Jess. Qu'a-t-il fait ensuite ?

Benny le savait déjà. Il l'avait entendue tout raconter au policier, à l'hôpital, mais il voulait qu'elle exprime tout à présent qu'elle était en sécurité dans ses bras.

— Rien de bien nouveau. Il m'a traitée d'infirme. Il s'est moqué de moi. Il m'a donné des coups de pied, m'a giflée, puis m'a jetée contre le mur. Il a dit que si je voulais partir, alors je devais me casser. Je n'ai pas hésité. J'ai juste pris mon sac à main et je suis partie. Je n'ai pas emporté mes affaires. Je n'ai rien.

— J'irai chercher tes affaires, Jess. Ne t'inquiète pas pour ça. Je m'en occuperai. Et tu as quelque chose. Tu m'as moi. Je suis ton ami. Je te protégerai. Tu n'auras pas à aller au refuge pour femmes. J'ai deux chambres. C'est pas génial comme appartement, mais tu n'es pas à la rue. Tu peux rester ici le temps qu'il te faudra afin d'économiser assez d'argent pour te prendre ton propre appart.

En entendant les paroles de Kason, Jess éclata en sanglots. Elle fut incapable de les retenir plus long-temps. Kason ne lui dit pas de se calmer ou que tout allait bien se passer. Il la prit simplement dans ses bras en la berçant et en faisant courir ses mains de bas en haut le long de son dos.

Jess ne savait pas combien de temps elle pleura, mais ses larmes finirent par se tarir. Elle était épuisée, complètement drainée. Puis elle ouvrit les yeux et vit qu'elle avait détrempé le t-shirt de Kason.

— Tu es tout mouillé à cause de moi.

— J'ai traversé les profondeurs de l'enfer au cours de mes missions, ricana-t-il. J'ai survécu à la « semaine d'enfer ». J'ai parcouru des jungles sans prendre de douche pendant une semaine. Quelques larmes et un peu de morve ne me dérangent pas du tout.

Jess devint écarlate. Elle n'avait même pas songé que son nez avait coulé !

— Seigneur ! Je suis quand même désolée, même si ce n'est pas la jungle ou la « semaine d'enfer ».

Elle perçut le ricanement qui fit agréablement vibrer la poitrine de Kason.

— Tu veux de l'eau ou quoi que ce soit ?

Jess secoua la tête. Elle était bien là où elle était.

— Je n'ai pas envie de bouger.

— D'accord.

Jess sentit la main de Kason à l'arrière de sa tête. Il la pressa pour lui poser à nouveau la joue contre sa poitrine.

— Endors-toi. On essayera de tirer tout ça au clair demain matin.

— Mais...

— Jess, je suis fatigué. Tu es fatiguée. La journée a été très difficile. Détends-toi. Fais-moi confiance. Je suis là. Tu es en sécurité. Alors, dors, maintenant.

— D'accord.

Jess s'interrompit un instant et ajouta rapidement :

— Merci. Pour tout.

— Je t'en prie, Jess. Merci à *toi* de m'avoir contacté. Ça signifie beaucoup pour moi. Maintenant, dors.

Jessyka ne pensait pas être en mesure de dormir, mais elle eut la surprise de sombrer dans le sommeil à peine quelques secondes plus tard. Elle ne sut pas que Kason resta éveillé pendant une heure encore, profitant du simple fait de la sentir entre ses bras. Elle ne l'entendit pas marmonner :

— Tant que je serai là, tu seras toujours en sécurité.

6

Dans la cuisine, Kason préparait un bon petit déjeuner copieux à Jessyka en essayant de ne pas faire de bruit. Il repensait toujours à tout ce qu'elle lui avait dit la veille. Il aurait beaucoup à faire pour l'aider, mais d'abord, il devait s'assurer qu'elle mange un morceau.

Toute sa vie, Benny avait ressenti le besoin de protéger les gens, mais ce qu'il ressentait pour Jess dépassait largement ses expériences précédentes. Par le passé, il avait été coureur et s'était tapé des coups d'un soir sans songer à ce que ses partenaires ressentaient quand il ne les rappelait plus jamais. Mais il n'avait jamais trouvé quelqu'un qui lui plaisait vraiment et qu'il souhaitait connaître hors de la chambre à coucher. Pourtant, avec Jess, il découvrait à présent qu'il voulait tout savoir d'elle. Il voulait connaître ses amis, sa nourriture préférée, sa routine quotidienne... tout.

Benny n'avait jamais été ami avec une femme auparavant. C'était peut-être cliché, mais c'était la vérité. Il
avait utilisé les femmes et vice versa. À présent qu'il y
pensait, il était ami avec les femmes de ses coéquipiers,
mais quelque part, c'était différent. Elles étaient déjà
prises. Elles n'avaient aucune intention de finir dans
son lit et il ne voulait certainement pas les rejoindre
dans le leur. Mais Jess ? Oui, Benny admettait qu'il la
voulait dans son lit, mais en plus... elle lui plaisait, tout
simplement. Elle était forte, travailleuse, intelligente et
pleine de compassion. Quand elle le regardait, elle ne
voyait pas simplement une conquête. Du moins, il ne
le pensait pas.

Il comprit que Jess était différente quand la perspective de l'avoir dans sa cuisine ne le fit pas flipper.
Il n'aimait pas que les gens tentent de « l'aider »
quand il cuisinait. Il était tellement tatillon sur ce
point que ses camarades et leurs femmes s'étaient
souvent moqués de lui. C'était pourtant son trait de
caractère.

La première chose à laquelle il avait pensé ce
matin-là était de préparer le petit déjeuner en compa-
gnie de Jess. Il se disait que c'était en partie parce qu'il
l'avait tenue dans ses bras durant toute la nuit. La
sensation de son corps près du sien ne ressemblait à
rien de ce qu'il avait connu jusqu'alors. Par le passé, il
avait étreint une femme parce que c'était la norme
après le sexe, pas parce qu'il ressentait une vraie
connexion avec elle. Cela faisait probablement de lui

un connard, mais il ne pouvait pas créer des sentiments là où il n'y en avait pas.

Mais avec Jess, Benny avait été complètement satisfait de l'étreindre toute la nuit. Il ne ressentait pas le
besoin de coucher avec elle ; il voulait simplement la
tenir dans ses bras et s'assurer qu'elle se sente en
sécurité.

Il interrompit ses réflexions quand il vit la tête de
Jessyka émerger au-dessus du canapé.

— Tu as bien dormi ? lui demanda-t-il en battant
les œufs dans le saladier qu'il tenait à la main.

Jess tourna la tête et l'aperçut dans la cuisine.

— Étonnamment, oui.

— Il y a une brosse à dents et du dentifrice neufs
dans la salle de bains. Je n'ai pas de savon ou de shampooing pour filles, mais tu peux te servir des miens si
tu veux te doucher.

Benny vit les yeux de Jess s'écarquiller. Visiblement, elle avait envie de prendre une douche.

— Pour les vêtements, ça sera un peu plus difficile,
le temps que Dude vienne ici ce matin avec tes affaires.
En attendant, j'ai laissé un de mes t-shirts dans la salle
de bains, ainsi qu'un caleçon. Ils te seront un peu
grands, mais ça fera l'affaire en attendant.

Jess rougit, espérant que Kason ne s'en rende pas
compte. La simple perspective de porter ses sous-vête-
ments lui donna une chair de poule généralisée, mais
elle essaya de tempérer sa réaction. Kason était son
ami et même s'il était sexy, elle ne voulait pas gâcher la

meilleure chose qui lui était arrivée durant l'année qui venait de s'écouler.

— J'aimerais bien prendre une douche, merci.

Elle se redressa et oscilla légèrement, se rattrapant au canapé.

Avant qu'elle ne puisse faire un pas, Kason l'avait stabilisée d'une main sur son coude.

— Ça va ? J'aurais dû commencer par te demander ça.

— Ça va. Je me suis simplement levée trop vite.

— Comment va ta hanche ?

— Kason, je vais bien. Je le jure.

Jess le vit reculer, toujours inquiet.

— Si tu veux bien, fais quelques pas pour que je sois certain que tu ne t'écroules pas dès que j'aurai le dos tourné, lui demanda Benny, voulant s'assurer de lui-même que Jess parvenait à marcher.

Il la regarda faire ce qu'il lui demandait. Elle semblait OK. Elle boitait comme de coutume, mais ce n'était pas pire que d'ordinaire. Il retourna dans la cuisine et les mots lui sortirent avant qu'il ne puisse les retenir :

— Brian est vraiment un idiot. Tu n'es pas infirme. Ta démarche me plaît.

Benny vit Jess se tourner vers lui avec un air incrédule sur le visage. Il décida de se rattraper avec autant de nonchalance que possible. Entre le moment de préparer le petit déjeuner et celui de s'approcher d'elle pour s'assurer qu'elle aille bien, il avait décidé qu'elle était à lui. Il ne pouvait pas ressentir une telle envie de la protéger sans vouloir la garder pour lui. Il lui donnerait le temps dont elle avait besoin, mais il espérait qu'au final, même si ce n'était pas tout de suite, elle voudrait bien de lui, elle aussi.

— Je ne sais pas pourquoi tu boites, mais je devine que c'est parce que ta jambe gauche est plus courte que l'autre. Ça fait plusieurs mois que je t'observe. C'est super sexy, Jess. Tu ne comprends pas, mais moi si... et mes coéquipiers aussi. Quand tu marches, tu ondules. Parce que tes jambes sont de taille différente, tes hanches ont une ondulation exagérée. De derrière, tes fesses ne demandent qu'à être caressées. Et de face, ton ondulation fait que tes seins bougent avec ton corps. Encore une fois, c'est terriblement sexy. Que Brian te traite d'infirme signifie simplement qu'il n'apprécie pas le corps féminin. Jess, ta silhouette est absolument parfaite. Assume, parce que je te jure devant Dieu que tous les clients masculins du bar apprécient. Promis juré.

Jess s'immobilisa dans l'entrée du couloir qui menait aux chambres et à la salle de bains. Elle se contenta de regarder Benny, sans savoir quoi lui répondre ou même s'il attendait une réponse.

Benny sourit et continua de battre les œufs afin de leur donner la consistance parfaite avant de les verser dans la poêle pour préparer une omelette. S'il l'avait fait réagir, comme il en avait eu l'intention, il n'avait dit que la vérité. Il était temps qu'elle arrête de croire ce que ce connard lui avait servi pendant bien trop longtemps.

— Tu vas prendre ta douche, ma belle, ou bien tu vas rester plantée là à me regarder ?

Jess se tourna et descendit rapidement le couloir, ignorant le rire de Benny alors qu'elle prenait la poudre d'escampette.

Trente minutes plus tard, Benny entendit la porte de la salle de bains s'ouvrir. Il se tourna vers le couloir et attendit que Jess fasse son apparition.

Quand elle entra dans la pièce à vivre, il resta tout bête. Ses cheveux noirs étaient luisants et propres, et il pouvait sentir l'odeur du savon qui pénétrait dans la pièce. Mais ce qui attira vraiment son attention fut son corps. Jess portait les vêtements qu'il lui avait prêtés et cela fit battre son cœur plus vite.

Elle se dirigea lentement vers un des tabourets au comptoir et s'y hissa. Cela faisait longtemps que Benny n'avait pas vu son corps aussi dévoilé. Le caleçon lui dénudait les jambes et le t-shirt couvrait la majeure partie de ses biceps, mais ses avant-bras restaient nus. Trop grand, le vêtement tombait également sur une épaule et il la vit le remonter d'une main tout en s'asseyant.

Benny serra les poings et essaya de se calmer. Les bleus sur ses avant-bras se détachaient clairement sur sa peau pâle. Et même si les marques sur sa gorge s'estompaient, leur provenance était évidente. Elle s'était assise trop hâtivement pour qu'il ait pu observer ses jambes, mais il savait qu'il y aurait également vu des ecchymoses.

Il se tourna vers la cuisinière et versa les œufs battus dans la poêle brûlante.

— J'espère qu'une omelette te conviendra pour le petit déjeuner.

Benny espérait avoir l'air décontracté, particulièrement compte tenu des pensées meurtrières qui lui tourbillonnaient dans la tête.

— C'est plus que convenable. Ça fait une éternité que je n'ai pas mangé d'omelette. Merci, Kason.

— Tu n'as pas à me remercier pour tout ce que je fais, Jess.

— Je ne pourrais pas faire autrement.

— Eh bien, non. Tu n'es *pas* une invitée dans cette maison. Tu habites ici aussi. Je suis certain que tu rempliras aussi ta part du contrat. Tu ne trouves pas que ce serait ennuyeux si on passait la journée à se remercier mutuellement pour tout ?

Benny essaya d'adoucir ses paroles par un sourire que Jess lui rendit.

— D'accord. Je vais essayer. C'est simplement que je n'ai pas l'habitude que quelqu'un fasse ce genre de choses pour moi. Ça n'arrivait jamais avec Brian.

— Eh bien, d'une, je ne suis pas Brian. Et de deux, tu ferais mieux de t'y habituer.

Il était évident que Jess allait ignorer ce qu'il venait

de dire, et cela lui convenait parfaitement. Il ne voulait pas la brusquer et il ferait tout son possible et dirait tout ce qu'il aurait besoin de dire afin d'effacer les paroles blessantes qu'elle avait probablement entendues bien trop souvent de la part de son connard de colocataire. Il déposa un verre de jus d'orange devant elle, avant de refaire face à la cuisinière afin de retourner l'omelette.

— À quelle heure pars-tu au travail ? demanda Jess.

Benny se tourna vers elle et posa les paumes derrière lui sur le rebord du comptoir.

— Je n'irai pas travailler pendant quelques jours. Je prends un congé.

— Tu ne peux pas faire ça.

— Pourquoi ?

— Eh bien... parce que.

Cela fit rire Benny.

— Ce n'est pas une réponse. Écoute, tu ne penses quand même pas que je vais te laisser seule ici le lendemain d'un soir où je t'ai emmenée aux urgences ?

— Euh...

— N'y pense même pas, Jess. On a du pain sur la planche. D'abord, Dude va rapporter certaines de tes affaires. Il faudra aussi qu'on y aille pour récupérer le reste. Je ne veux pas que tu y retournes sans moi ou l'un des gars pour t'accompagner. Il faut qu'on se renseigne sur les détails de l'enterrement de Tabitha. Je ne te laisserai pas te faire haranguer par Tammy ou Brian, alors si tu as besoin de prendre rendez-vous pour pouvoir lui faire tes adieux en personne, c'est ce qu'on fera. Tu dois contacter le foyer pour femmes pour leur dire que tu n'as plus besoin de la chambre que tu as réservée. En plus, les filles voudront venir et s'assurer d'elles-mêmes que tu vas bien. J'ai réussi à gagner un peu de temps, mais je pense que tu n'auras qu'un jour ou deux devant toi avant qu'elles ne passent à l'assaut ; alors, tiens-toi prête.

— Je ne comprends pas, murmura Jess, complètement dépassée.

— Qu'est-ce que tu ne comprends pas ?

Benny vint vers le bar et s'y appuya, offrant à Jess toute son attention.

— Je peux m'occuper de tout ça moi-même. Tu n'as pas à manquer le travail pour rester ici.

— Jess, c'est ce que les amis font les uns pour les autres. Tu n'es plus seule. Je te soutiens. Mes amis te soutiennent.

— Je ne pense pas que des amis puissent agir ainsi. Je veux dire que je n'ai jamais eu d'amis qui ont déjà fait ce genre de choses.

Benny tendit le bras par-dessus le bar et prit la joue de Jess dans sa paume.

— Eh bien, maintenant tu as des amis qui font ce genre de choses, ma belle.

Jess ne put s'en empêcher ; elle se pencha sur le côté, leva une main et la plaça sur celle de Benny.

— Merci, murmura-t-elle.

— Je ne t'ai pas dit d'arrêter de dire merci tout le temps ? la taquina-t-il en souriant.

Il posa son autre main à l'arrière de son cou et l'attira doucement vers lui, lui déposant un baiser au sommet du crâne avant de la laisser partir.

— Tu as besoin de prendre un autre antidouleur ?

Jess fut déçue que Kason ait retiré sa main une seconde à peine avant de changer de sujet. Elle s'interrogea un instant.

— Non, je crois que je me sens bien.

En voyant Kason froncer les sourcils, elle ajouta vivement :

— Mais j'en prendrai un plus tard si j'ai mal. Promis.

— Bon, d'accord. J'allais simplement suggérer que c'est mieux de le prendre pendant un repas. Madame est servie ! Une omelette avec des tomates, des poivrons verts, des oignons, des poivrons rouges, du chorizo, un peu de bacon et bien sûr, une tonne de fromage râpé. J'ai aussi de la crème et de la sauce piquante si tu veux y ajouter une petite touche texane.

— Tu te fous de moi ?

— Non, goûte.

— Je n'ai jamais rencontré d'homme qui sache cuisiner.

— Eh bien maintenant, si ! Mange.

Jess prit sa fourchette et leva les yeux vers Kason.

— Et toi, qu'est-ce que tu vas manger ?

— La mienne est en train de cuire.

— Je vais t'attendre.

Jess reposa la fourchette.

— Non. Mange, Jess, ou bien ça va refroidir. Ça ne sera pas long.

— Mais, c'est malpoli, bougonna-t-elle.

Benny éclata de rire. Seigneur, qu'elle était mignonne !

— Non, pas du tout. Pas si je te dis de manger. Vas-y. Franchement, c'est meilleur quand c'est encore chaud.

— Bon, d'accord. Mais la prochaine fois, *tu* manges en premier.

Benny n'allait pas accepter une chose pareille, mais il lui sourit quand même. Il était content de la voir relativement de bonne humeur. Il n'avait pas été sûr de l'état d'esprit dans lequel elle se réveillerait. Elle avait passé une mauvaise journée la veille et elle aurait encore quelques journées difficiles devant elle. Elle ne parviendrait jamais à oublier la perte de Tabitha, mais il espérait que peut-être, avec un peu de chance et beaucoup de soutien, elle parviendrait à vivre avec et passer à autre chose.

Benny fit donc mine d'accepter de préparer son plat en premier la fois d'après.

— D'accord, Jess, la prochaine fois, je mangerai avant toi.

Il fut satisfait quand elle ferma les yeux et poussa un grognement tout en mastiquant la première bouchée de l'omelette. Étonnamment, il se sentit bander. Merde ! Il devait se contrôler pour ne pas lui faire peur. Il retourna à la cuisinière.

— Seigneur, Kason ! C'est génial !

Benny haussa les épaules.

— C'est juste une omelette.

— Euh, non. Ce n'est pas vrai. C'est... bon sang, je n'ai pas les mots, mais je suis certaine que si tu participais à un de ces programmes culinaires de télé-réalité, tu gagnerais sans souci.

— Euh, merci. Maintenant, arrête de parler et mange.

Jess secoua la tête en le regardant et s'exécuta.

Ils finirent leur petit déjeuner puis Jess insista pour faire la vaisselle, et c'est alors qu'on frappa à la porte.

— Reste là, j'y vais, dit Benny.

Malgré son ton amical, Jess savait que c'était un ordre. Elle se tint près du comptoir de la cuisine et attendit de voir qui c'était. Benny ouvrit la porte pour laisser entrer un de ses amis militaires.

— Salut, Dude. Merci d'être passé. Pas de problème ?

— Absolument aucun. Je n'ai vu personne. Je suis juste entré et j'ai pris le sac. Il était pile là où tu l'avais indiqué.

L'homme braqua son regard perçant sur Jess. Même si elle se sentait complètement nue, debout dans cette pièce sans rien d'autre sur elle que le t-shirt et le caleçon de Kason, elle se força à faire un pas en avant et à remercier ce colosse de lui avoir apporté son sac.

— Je vous remercie beaucoup !

— Vous vous foutez de ma gueule ?

Jess fut prise au dépourvu par la dureté des paroles de l'ami de Benny et elle recula instinctivement d'un pas.

— Dude... le mit en garde Benny, d'une voix posée.

— Tu ne m'avais pas dit qu'il avait essayé de l'étrangler, Benny.

Jess leva une main à sa gorge et essaya de dissimuler les marques encore visibles. Honnêtement, elle avait oublié leur existence, tant elle s'était sentie à l'aise et détendue auprès de Kason.

— Je t'avais dit qu'elle avait une bonne raison de porter un col roulé.

— La seule raison pour laquelle une femme doit se sentir obligée de porter un putain de col roulé lorsqu'il fait 25 degrés dehors, c'est si elle a besoin de couvrir les marques violentes qu'un homme lui a laissées la veille parce qu'elle ne veut pas qu'on les voie et parce que ce connard ne veut pas prendre le risque que quelqu'un réagisse et l'envoie moisir en prison.

Merde. Jess se balançait d'un pied sur l'autre en l'écoutant. Ce mec était intense, mais il restait à bonne distance et ses propos, certes effrayants, semblaient également pleins d'inquiétude. C'était manifestement contre Brian qu'il en avait, pas contre elle. Elle avait senti que quelque part, il était plus intense que les autres gars qu'elle avait croisés au *Aces*, et de près, il lui faisait un peu peur.

Dude poursuivit sa mini-tirade :

— Ces marques sur ton cou signifient que ce connard avec qui tu vivais a besoin qu'on lui enseigne la politesse et la bonne façon de traiter une femme.

Dude pénétra davantage dans l'appartement afin de s'approcher de Jess.

Celle-ci chercha Kason du regard. Il lui avait dit qu'il ne laisserait personne lui faire de mal et elle ne pouvait pas s'enfuir. D'abord, sa hanche ne le lui permettrait pas, et puis elle n'avait nulle part où se réfugier dans cet espace étroit. Elle inspira profondément. Kason semblait calme. Quoi que son pote lui veuille, il n'avait pas l'intention de lui faire du mal. Voir qu'il ne s'inquiétait pas pour elle lui donna le courage de rester où elle était alors que l'immense soldat s'approchait d'elle.

Dude lui saisit délicatement le menton dans la main pour lui faire lever la tête. Jess sentit son autre main frôler son cou. Puis il lui lâcha le menton et prit une de ses mains pour remonter la manche de son t-shirt et examiner les bleus sur ses bras, d'un côté puis de l'autre.

— C'est à cause de lui que tu boites ?

Jess secoua la tête, incapable de prononcer une seule parole même si sa vie en avait dépendu.

Dude inclina la tête comme s'il essayait de déterminer si elle disait la vérité ou pas. Ce qu'il vit fut apparemment suffisant, parce qu'il tourna les talons et retourna vers la porte.

— Je vais appeler Wolf. On va aller chercher le reste de ses affaires aujourd'hui. Occupe-toi d'elle.

Puis il franchit le seuil et disparut.

Jess soupira et regarda à nouveau Kason. Il se tenait près de la porte à présent fermée.

— Viens ici.

Jess ne réfléchit pas et alla le rejoindre automatiquement. Elle traversa la pièce en boitillant et alla droit dans ses bras. Alors qu'il les refermait autour d'elle, elle respira sans entrave pour la première fois depuis qu'on avait frappé à la porte.

— Il est un peu intense, commenta-t-elle, prononçant l'euphémisme du siècle.

Benny éclata de rire.

— Tu n'en sais pas la moitié. Ça va ? Dude ne te ferait jamais de mal, mais tu n'avais aucun moyen de le savoir.

— Je le savais. Certes, pas au début, mais tu avais dit que tu ne laisserais personne me faire du mal. Comme tu n'as pas bougé quand il est venu vers moi, je me suis dit que c'était bon.

— Seigneur, Jess ! Merci de me faire confiance.

— Je croyais qu'on n'était pas censés se remercier mutuellement, répondit Jess en souriant, avant de lever la tête vers Kason qui la tenait dans ses bras.

Il éclata de rire.

— Touché. D'accord, alors aujourd'hui, on va s'occuper d'une chose à la fois. Habille-toi. Je devine que tu as des vêtements dans le sac qu'a apporté Dude.

Benny désigna le sac que Dude avait laissé tomber par terre près de la porte quand il était entré en trombe.

— Une fois que tu seras habillée, on s'occupera du reste. Clairement, on n'aura pas à aller chercher tes affaires, puisque Dude et Wolf vont s'en occuper.

— Comment vont-ils différencier mes affaires de celles de Brian ?

— Ils trouveront bien, sans quoi, on s'en fiche. S'ils oublient quelque chose, j'irai le chercher pour toi.

— Je ne peux pas te demander de…

— Tu ne me l'as pas demandé. Je te le propose.

Benny interrompit Jess avant qu'elle ne puisse finir de s'exprimer et il se pencha en avant, prit son sac et le lui tendit.

— Maintenant, change-toi. J'ai beau apprécier de te voir dans mon t-shirt, on a des trucs à faire, et je ne vais pas te laisser quitter mon appartement aussi sexy. Bouge.

Benny lâcha Jess et la fit tourner doucement vers le couloir avant de lui donner une légère poussée au creux du dos.

— Où est-ce que vous avez tous appris à être aussi autoritaires ? rit-elle tout en boitillant vers le couloir.

Quand elle tourna la tête en arrière, elle vit que les yeux de Kason étaient posés sur son derrière et qu'il la regardait marcher. Elle défaillit légèrement en se souvenant de ce qu'il lui avait dit plus tôt.

Elle vit Benny décrocher le regard de ses fesses puis croiser le sien. Il se contenta de lui adresser un clin d'œil avant de baisser à nouveau les yeux. Jess ne put que rire et secouer la tête alors qu'elle sortait en boitillant dans le couloir.

7

Assise sur le canapé de l'appartement de Kason, Jessyka essayait de ne pas pleurer. Elle avait assez versé de larmes pour la journée.

Alors que la matinée avait bien commencé, le reste de la journée avait été horrible. Elle avait appelé son patron au bar, qui avait été horrifié de tout ce qui lui était arrivé. Heureusement, puisqu'elle était une bonne employée, il lui avait donné sa semaine.

Ensuite, Jess avait contacté le refuge pour femmes pour leur dire qu'elle était en sécurité et chez un ami. Elle avait apprécié que Kason pose sa main sur la sienne quand elle avait prononcé ces paroles.

Puis Kason avait pris son téléphone pour appeler Wolf. Dude lui avait déjà parlé et le reste de l'équipe des Forces Spéciales s'était arrangé pour se rendre à son ancienne maison afin d'aller chercher ses affaires. Caroline, qui était apparemment la femme de Wolf, avait insisté pour les accompagner. Jess aurait voulu y aller aussi, mais Kason avait refusé d'un geste de la main et avait continué à s'organiser sans elle.

Cela avait contrarié Jess, mais une fois que Kason lui avait expliqué qu'elle devait se renseigner à propos de Tabitha, elle s'était calmée. Il avait raison. Si ses amis pouvaient aller chercher ses affaires sans elle, pourquoi s'en mêler ? Au fond, elle était soulagée de ne pas avoir à affronter Brian ou revoir le pavillon dont elle gardait des souvenirs si négatifs.

La dernière chose sur sa liste était Tabitha, et c'était la raison pour laquelle le reste de la journée avait craint. Kason avait fait jouer ses contacts et avait parlé au gardien du funérarium. Cet homme lui avait expliqué que Tammy avait demandé qu'on incinère le corps de Tabitha. Elle n'avait même pas organisé de cérémonie pour sa fille.

Kason s'était arrangé pour que Jessyka puisse faire ses adieux. Elle ignorait comment il s'était débrouillé... Appeler pour dire qu'on souhaitait voir une dépouille ne devait pas être facile... Elle n'était techniquement même pas un membre de sa famille... Mais d'une façon ou d'une autre, Kason y était parvenu. Ils s'étaient présentés au funérarium dans l'après-midi. Le gardien les avait menés dans une pièce à l'arrière et les avait laissés seuls avec le corps de Tabitha.

Jess était restée paralysée près de la porte, les yeux braqués sur le chariot. Elle savait que Tabitha était allongée sous le drap, mais ignorait si elle pourrait supporter de la voir.

— Je ne peux pas, dit-elle doucement, d'une voix brisée.

— Prends ton temps, Jess.

Derrière elle, Kason lui passa les bras autour du corps et l'attira contre sa poitrine. Elle fondit contre lui, cherchant désespérément du soutien.

— Je ne peux pas, répondit-elle d'un ton abattu.

— D'accord.

Jess ne bougea pas, et Kason non plus.

Au bout de ce qui sembla être une éternité, mais qui n'était probablement qu'une minute ou deux, Jess fit un pas hésitant vers la dépouille allongée sur le chariot, puis s'arrêta. Le drap était d'une blancheur presque obscène. Elle aurait vraiment aimé que Tabitha s'asseye soudainement et lui crie « surprise ! » en pouffant comme elle le faisait quand elle était plus jeune.

— Et si elle ne ressemble plus à Tabitha ? Je ne veux pas que mon dernier souvenir d'elle soit ça.

— Reste là.

Kason posa ses mains sur ses épaules et les pressa. Il se pencha en avant et lui parla doucement à l'oreille :

— Je vais jeter un œil pour voir. Tu me fais confiance ?

— Oui, répondit immédiatement Jess, soulagée. Je ne devrais vraiment pas te demander de...

— Jess, regarde-moi.

Benny vint se placer en face d'elle, dissimulant le corps allongé sous le drap. Il colla un doigt sous son menton.

— Je peux gérer ça. Je suis un soldat d'élite. Ce ne sera pas le premier mort que je vois. D'accord ? Fais-moi confiance, je peux gérer.

Jess hocha la tête. Elle se pencha brièvement en avant et posa le front sur la poitrine de Kason, ayant besoin de ce contact. Elle leva les mains le long de son corps et serra son t-shirt entre ses poings. Puis elle sentit Kason passer les mains autour d'elle et la serrer contre son corps. Ils demeurèrent ainsi pendant environ une minute, puis elle sentit que les bras de Kason se relâchaient. Il l'embrassa au sommet du crâne avant de la faire tourner doucement vers la porte.

— Donne-moi une seconde.

Jess hocha simplement la tête. Elle entendit le froissement du drap, puis rien d'autre. Kason revint.

— C'est bon, viens.

Jess inspira profondément et se tourna. Kason plaça son bras autour d'elle alors qu'ils se rendaient ensemble au chevet de Tabitha.

Kason avait descendu le drap juste assez pour dégager le visage de Tabitha. Jess ravala un sanglot. On aurait dit qu'elle dormait. Hormis sa pâleur, elle était exactement comme la dernière fois que Jess l'avait vue.

Elle perdit pied. Elle ne pensait pas avoir déjà pleuré aussi fort. Kason s'était également montré tellement patient et gentil avec elle. Il l'avait prise dans ses bras et avait murmuré des paroles d'encouragement. Il ne l'avait forcée à rien, comme tant d'autres hommes auraient pu le faire. Jess se dit qu'ils étaient restés dans cette pièce pendant bien une heure. À chaque fois qu'elle avait décidé qu'elle était prête à partir, elle n'était pas parvenue à s'y contraindre.

Enfin, elle était prête. Jess avait connu les cinq stades de la tristesse durant cette heure passée auprès de Tabitha. D'abord, elle avait essayé de dénier que celle-ci était vraiment morte. Tabitha avait eu l'air tellement normale qu'au début, qu'elle n'avait pas voulu croire qu'elle soit morte. Puis elle s'était mise en colère. Tabitha n'avait pas le droit de se tuer. C'était égoïste et insultant pour leur amitié. Puis Jess en était arrivée à la phase de la négociation. Kason avait dû l'extraire de ce stade-là. Elle était revenue aux « si seulement » qu'elle avait prononcés la veille. Kason lui avait gentiment rappelé que ce n'était pas sa faute et qu'elle n'aurait rien pu faire qui aurait pu modifier le cours des choses.

Enfin, elle pleura. Fort. C'était terriblement déprimant de voir le cadavre d'une personne aussi géniale. Le monde n'aurait jamais l'occasion de lire ses histoires extraordinaires. Ils ne verraient jamais quelle personne fantastique elle était. Enfin, Jess passa à la phase d'acceptation. Tabitha était morte. Elle ne souffrait plus. Jess n'aurait plus à craindre que les événements de la vie quotidienne ne lui fassent du mal.

Mais Jess savait qu'elle revisiterait bien vite tous les sentiments qu'elle venait de connaître. Une heure ne suffisait pas pour guérir complètement, mais elle savait que si elle avait fini par se sentir bien, c'était parce que Kason était là avec elle.

Après avoir versé encore quelques larmes, Jess avait embrassé Tabitha sur le front, sentant la froideur de sa peau, et avait enfin laissé Kason remonter le drap sur le visage de l'adolescente.

— Viens, ma belle, partons d'ici.

Jess avait hoché la tête et ils avaient quitté les lieux. Kason avait remercié le gardien puis il les avait emmenés au parc où il s'était arrêté le premier soir, lorsqu'il l'avait raccompagnée à la maison après le travail. Il n'avait rien dit, mais l'avait aidée à descendre de voiture avant de marcher un peu afin d'aller s'asseoir sur un banc. Ils s'étaient installés et avaient discuté de Tabitha et de choses et d'autres pendant plus de deux heures. Enfin, une fois que le ventre de Jess avait commencé à gronder, Kason l'avait aidée à se redresser et l'avait ramenée à son véhicule puis à son appartement.

À présent, elle était sur son canapé bien confortable et chaud, et elle essayait de ne pas pleurer. Elle avait l'impression d'avoir chouiné toute la journée. Elle détestait se comporter ainsi comme une pleureuse, car elle n'était pas du genre à s'apitoyer sur son sort. Il lui fallait une bonne distraction. Elle se leva et se dirigea vers la cuisine.

— Je peux t'aider ?

Benny la regarda. Elle avait tenu le coup toute la journée et il était tellement fier d'elle. Alors, il voulait lui préparer un bon repas maison. Il n'avait encore jamais invité de femme à l'assister dans la cuisine. C'était son espace, l'endroit où il se rendait quand il avait besoin de décompresser. Mais la perspective de se faire épauler par Jess sonnait juste. C'était comme si c'était l'étape naturelle suivante dans leur relation... quelle qu'elle soit.

— J'aimerais vraiment que tu m'aides, Jess.

Jessyka inclina la tête, devinant que ses paroles avaient un sens caché, mais elle n'avait pas envie pour le moment de démêler ce mystère.

— Où veux-tu que je me mette ?

Benny étouffa un petit rire, parce que si Jess savait où il la voulait vraiment, elle aurait probablement pris ses jambes à son cou.

— Viens ici. Coupe les légumes pendant que j'assemble les lasagnes.

— Tu prépares des lasagnes ? Ce n'est pas... compliqué ?

Benny se pencha vers Jess et entra dans son espace personnel.

— Quoi ? Tu penses que je ne sais pas gérer des choses compliquées ?

Jess déglutit bruyamment. Parfois, elle se demandait si Kason ne voulait pas plus que de l'amitié avec elle, comme maintenant. Mais à d'autres moments, il

se comportait comme l'aurait fait n'importe quel
pote.

— Je... Si, si.

Elle détestait s'entendre bégayer.

— Je sais gérer les choses compliquées, ma belle. Je
le promets. J'aime cuisiner. Je suis doué pour ça.
Prépare-toi à goûter les meilleures lasagnes de ta vie.

— Si c'est pareil que l'omelette de ce matin, je n'en
doute pas.

Ils s'activèrent dans le petit espace sans s'empiéter
dessus. Jess prenait un couteau en contournant Kason
tandis qu'il était occupé à empiler les couches de sauce
et de pâtes dans le moule. Il s'étirait au-dessus d'elle
pour prendre une tranche de poivron vert sur la
planche à découper pendant qu'elle travaillait. Ils
riaient et plaisantaient ensemble. C'était exactement
ce dont Jess avait besoin. Elle se sentait normale.

— Voilà. Goûte.

Jess se tourna et vit que Kason lui tendait une
bouchée de sauce dans une cuillère en bois sous
laquelle il avait passé la main pour rattraper les fuites.

— Je te garantis que c'est la meilleure sauce que tu
as jamais goûtée.

Sans réfléchir, Jess saisit le poignet de Kason et se
pencha vers la cuillère. Elle ouvrit la bouche et leva les
yeux vers lui alors qu'elle refermait les lèvres autour.
Elle faillit s'étrangler en voyant la chaleur qui
bouillonnait dans ses prunelles. Elle se recula et se
lécha les lèvres avant de lui lâcher le poignet.

— C'est bon, n'est-ce pas ? demanda Benny, sans retirer les yeux des lèvres de Jess.

Avec son pouce, il lui essuya la commissure des lèvres, là où une goutte de sauce demeurait. Puis il réprima un grognement quand la langue de Jess sortit pour lécher l'endroit qu'il venait de toucher.

— Bon Dieu, Kason ! C'est la meilleure chose que j'ai jamais goûtée !

Ses paroles innocentes attisèrent la libido de Benny... une fois de plus. Certes, il n'y avait eu aucun sous-entendu, mais son esprit fila sous la ceinture. Ses propos, accompagnés de son regard impatient et d'une honnêteté totale, l'avaient immédiatement fait bander dans son jean. Il savait que c'était exactement à cela qu'elle aurait ressemblé agenouillée devant lui, se préparant à l'accueillir dans sa bouche.

— Attends d'avoir goûté le produit fini, ma belle, parvint à dire Benny en tenant loin d'elle la partie inférieure de son anatomie et en avalant sa salive de façon sonore, tout en essayant de se remémorer la journée difficile qu'elle venait de connaître.

Elle n'avait pas besoin qu'il lui impose son excitation manifeste en plus de tout le reste.

Une fois que Benny eut fourré les lasagnes à cuire dans le four, il suggéra de commencer par la salade en attendant le plat de résistance. Il entendait l'estomac de Jessyka gronder et il ne voulait pas patienter une heure de plus pour manger. Ils s'installèrent au comptoir pour piocher dans la salade. Ils discutèrent de tout et de rien, jusqu'à ce que Benny voie la tristesse s'estomper légèrement dans les prunelles de Jess.

La seule chose qui déplut à Benny pendant le repas fut lorsqu'il tendit la main par-dessus le comptoir pour prendre la salière. Jess sursauta et manqua dégringoler de son tabouret en essayant d'éviter son bras tendu.

Benny s'était immédiatement immobilisé et l'avait regardée d'un air préoccupé.

— Je prenais simplement le sel, Jess, l'apaisa-t-il.

— Oui, je sais... je suis désolée.

Elle rougit d'embarras et refusa de croiser son regard.

Kason plaça doucement la main sur son avant-bras et le lui caressa du pouce tout en parlant :

— Ne sois pas désolée, mais j'espère que tu sais que tu n'as pas à avoir peur de quoi que ce soit avec moi ou avec n'importe lequel de mes coéquipiers. On est peut-être grands et impressionnants, mais tant qu'on sera là, tu ne courras jamais le danger d'être blessée ou frappée.

— Je sais, Kason. Je le sais. C'est simplement que... c'est juste instinctif. On ne peut pas effacer des années de circonspection en une seule nuit. Il faut que tu restes patient avec moi.

Benny porta lentement la main à la joue de Jess.

— Tant que tu sais que tu es en sécurité, je vais essayer d'être patient.

— Je sais que je suis en sécurité.

— Bon, alors est-ce que tu veux bien me passer le

sel ? J'aurais dû commencer par te le demander au lieu d'avoir l'impolitesse de me servir. Ma mère m'aurait filé une bonne claque si elle avait été là.

Il lui sourit, ce qui détendit à nouveau l'atmosphère.

Jessyka l'imita et secoua la tête. Les réactions de Kason la surprenaient toujours. Elle se pencha, prit la salière et la lui tendit.

Plus tard, après qu'ils eurent dîné et que Jess eut admis que c'étaient les meilleures lasagnes qu'elle avait jamais mangées, ils s'assirent sur le canapé et regardèrent un match de foot à la télévision. Jess n'y prêtait pas vraiment attention, mais elle ne voulait pas être impolie et dire à Kason qu'elle détestait ce sport. Elle repassait dans son esprit tout ce qui s'était déroulé et se demandait ce qu'elle allait faire à l'avenir.

On frappa à la porte et Benny se redressa.

— Reste-là.

— Tu me prends pour un chien ? fit semblant de bougonner Jess, qui ne bougea pourtant pas quand Benny se redressa pour aller répondre.

Il ouvrit la porte et découvrit ses coéquipiers.

— Salut.

— Salut, Benny. J'ai tout, lui dit Mozart d'une voix bourrue.

Benny vit que ses amis ne semblaient pas vraiment contents.

— Qu'est-ce qui s'est passé, putain ? demanda-t-il

doucement, ne voulant pas que Jess apprenne que quelque chose s'était mal déroulé.

— Laisse-nous entrer, Benny, ordonna Wolf d'une voix sérieuse.

Benny ouvrit la porte pour faire pénétrer les cinq hommes qui restèrent debout dans le petit espace. Ils regardaient tous Jessyka qui se tenait à présent près de la table basse. Ils remarquèrent tous qu'elle gardait le canapé entre eux.

— Salut, les gars, commença-t-elle, mais elle s'arrêta quand personne ne lui rendit son salut.

Benny la rejoignit et plaça doucement sa main sur son biceps pour la guider vers les hommes.

— Avant de poursuivre, laissez-moi vous présenter formellement. Je sais que vous connaissez Jess. On l'a croisée presque toutes les fois où on a mangé au *Aces*, mais bon : voici Jessyka – qui s'écrit y-k-a – Allen. Jess, voici Wolf, Abe, Mozart, Cookie... et tu as déjà rencontré Dude.

Jess regarda les hommes. Ils étaient vraiment grands et attirants, et faire ainsi l'objet de toute leur attention était légèrement stressant. Elle avait l'habitude de les voir entièrement pris par leurs femmes.

— Salut, parvint-elle seulement à coasser.

Elle regarda Kason.

— Ce connard t'a fait ça ? gronda Cookie.

— Ça recommence, souffla Jess entre ses dents.

Elle avait déjà survécu à l'inspection de Dude plus

tôt dans la journée et elle n'avait pas envie d'en subir une autre… ou plutôt quatre autres.

— Oui, Brian m'a frappée. Il m'a fait mal. Je vais bien. J'ai quelques ecchymoses, mais je m'en remets. Je vis ici ; je n'habite plus avec lui. Je ne boite pas à cause de lui. Je suis née avec une jambe plus courte que l'autre. Je viens de manger les meilleures lasagnes du monde et je me sens plutôt lasse après une longue journée merdique. Est-ce qu'on peut passer à autre chose ?

Étonnamment, elle vit les hommes plisser les lèvres comme s'ils contenaient leur hilarité.

— Oui, ma belle, on peut passer à autre chose, dit Mozart, au nom de toute l'équipe.

— Dieu merci, commenta Jess, qui résista difficile-ment à l'envie de lever les yeux au ciel.

— Bon, on est allés chercher tes affaires, expliqua sombrement Wolf. Il y avait pas mal de choses près de la benne à ordures. On a eu un mauvais pressentiment et quand on est allés voir, on s'est dit que c'était à toi.

Jess en resta bouche bée. Brian avait jeté ses affaires ?

Wolf poursuivit :

— On t'a tout apporté, et Dude et Abe sont allés « parler » à Brian.

— J'en déduis que ça s'est mal passé, dit Jessyka, se disant que Brian avait probablement essayé de faire son macho avec les hommes qui se tenaient devant elle.

Il n'avait jamais su lorsqu'il fallait se la fermer et lorsqu'il était approprié d'exprimer sa contrariété.

— Oui, ça ne s'est pas très bien passé, confirma sèchement Abe.

— Qu'est-ce qu'il a fait ?

— D'abord, il a été arrogant avec nous, ce qui n'était pas très futé. Puis il vous a insultées toi, sa sœur et quelqu'un qui s'appelle Tabitha.

Jess inspira profondément. Entendre le nom de Tabitha suffisait à raviver la douleur intense qu'elle avait ressentie plus tôt dans la journée. Elle avait réussi à la contenir pendant qu'ils mangeaient et regardaient le match, mais le simple fait d'entendre son nom l'attisa instantanément.

Kason plaça sa main sur le bas de son dos et la massa doucement. Son contact l'aida à contenir suffisamment ses sentiments pour qu'elle parvienne à nouveau à se concentrer.

Abe poursuivit sans émettre de commentaires :

— On s'apprêtait à jeter un œil dans l'appart et lui lâcher la grappe quand il a commencé à nous menacer.

L'atmosphère devint électrique. Jess ne savait pas comment décrire cela autrement. Ces hommes étaient en colère. Ils l'avaient été plus tôt et, visiblement, ils l'étaient encore.

— Il vous a menacés ?

— Oui, il n'aurait pas dû nous dire qu'il allait te péter la gueule encore pire la prochaine fois qu'il te verrait. Dude l'a convaincu que c'était une mauvaise idée, expliqua Abe.

— Qu'est-ce que tu lui as fait ? murmura Jess, horrifiée, en regardant Dude.

— N'y pense pas, Jess, répondit Wolf d'un ton assuré. Brian ne te touchera plus.

Jess était abasourdie.

— Mais vous risquez d'avoir des problèmes. Je ne comprends pas pourquoi vous risqueriez votre carrière pour moi. Je sais que par ici, il suffit qu'une seule personne se plaigne d'un de vos actes et contacte la base. Votre carrière de militaire risquerait d'en pâtir à cause de moi.

Dude se dirigea vers Jess comme il l'avait fait dans la matinée, et il plaça à nouveau son index sous son menton. Jess savait qu'elle aurait probablement dû être bien plus effrayée, mais comme elle l'avait dit à Kason plus tôt dans la soirée, elle avait compris que ces mecs ne lui feraient jamais de mal. Cela étant, il était évident qu'ils voulaient s'assurer que leur interlocuteur les regarde. Heureusement que la main de Kason posée sur son dos l'aidait vraiment à se sentir à l'aise et en sécurité.

— Il ne te touchera plus jamais, renchérit Dude. Mais si jamais tu le revois, tourne les talons et pars de l'autre côté. Ne lui parle pas. Informes-en l'un d'entre nous et on s'en occupera.

Ce n'était pas une suggestion, mais un ordre.

Jess écarta son visage des mains de Dude et regarda les hommes.

— Je n'y comprends rien, mais d'accord. Je ne veux plus jamais avoir affaire à lui, alors je n'ai aucune objection à rester loin de lui.

— On a cherché dans ton ancien appartement pour récupérer ce qu'on a pensé être tes affaires, lui dit Cookie. Malheureusement, il en avait apparemment déjà jeté la majeure partie. Ce qu'on a trouvé près de la benne était ou bien cassé ou bien détruit. Mais on a quand même rassemblé plusieurs sacs avec tes fringues. Mais ne t'inquiète pas, Fiona et les autres femmes ont déjà décidé de remplacer tous les vêtements qui ont pu être détruits... Puis elles t'en achèteront assez pour que tu puisses porter une tenue différente tous les jours de l'année.

Les autres hommes ricanèrent, connaissant de toute évidence leurs femmes et leur goût pour le shopping.

— Mais je suis incapable de les rembourser, paniqua Jess en se tournant vers Kason.

— Tu n'as pas besoin de les rembourser, Jess, la rassura-t-il.

— Mais...

Wolf interrompit Jessyka avant qu'elle ne puisse protester davantage :

— Jess, c'est ce que font des amies. On te connaît, on t'apprécie. Tu te retrouves dans une sale situation. On aurait tous dû agir plus tôt, mais on n'a rien fait.

— Je ne comprends pas.

— On te voyait tout le temps, Jess. Je suis sûr que Benny te l'a expliqué. On t'a vue changer sous nos yeux, au fil des semaines. On ne savait pas vraiment ce que faisait Brian, mais on avait des doutes. Et pourtant, aucun d'entre nous n'a levé le petit doigt. On reconnaît nos torts. C'est notre façon à nous de réparer les choses. Et ne t'avise pas de dire à Ice ou aux autres femmes que tu ne peux pas accepter ce qu'elles t'offrent. Si tu nous trouves trop insistants, alors tu n'as encore rien vu.

Les hommes éclatèrent de rire et Jess ne sut pas quoi répondre.

Dude, qui n'avait pas bougé jusque-là, se pencha pour lui déposer un baiser sur la joue.

— Je te conseille de tout accepter, Jess. Tu ne l'emporteras pas.

Il lui passa l'index sous le menton puis s'écarta d'elle.

— Je vais chercher ce qu'on a apporté.

C'est Wolf qui s'approcha alors de Jessyka et l'embrassa sur l'autre joue.

— Tiens bon, ma belle. Tout va vite s'arranger. Promis.

Puis les trois autres hommes vinrent l'embrasser chacun à leur tour. Ils lui assurèrent également leur soutien puis allèrent voir qu'ils avaient bien apporté toutes ses affaires.

Jess leva les yeux vers Benny.

— Tes amis sont tous tellement gentils.

— Ce sont *tes* amis aussi à présent, Jess.

Elle cligna des paupières. Elle se dit que c'était vrai. Elle ne savait pas comment elle avait eu cette chance, mais elle adressa au ciel une prière silencieuse. Tabitha veillait peut-être sur elle et s'assurait qu'elle aille bien. Jess ferma les yeux et sourit légèrement.

8

— Viens, Jess ! Il faut que tu essayes ça !

La voix de Summer avait résonné dans le magasin et Jess secoua la tête.

— Summer, j'ai pratiquement déjà essayé tout le stock. Je suis fatiguée, j'en ai assez et j'ai envie de rentrer !

— Juste un autre magasin. Il faut que tu voies les nouveaux arrivages !

Jess soupira et suivit Summer hors de la boutique. Les femmes des coéquipiers de Kason étaient géniales. Elles étaient rigolotes, avaient la tête sur les épaules, et Jess avait accroché avec elles dès qu'elles s'étaient revues. Le contraire aurait été étonnant, puisqu'elle les voyait au bar toutes les semaines. Elles ne l'avaient jamais interpellée en claquant des doigts, se montraient toujours polies et versaient des pourboires généreux.

Elle tira son téléphone pour contacter Kason. Elle avait pris l'habitude de lui envoyer un texto quand elle avait une idée amusante. Il ne manquait jamais de répondre, parfois avec un temps de retard, mais toujours dans les heures qui suivaient.

Summer me rend folle ! Sauve-moi !

Cette fois, il répondit presque instantanément :

Overdose de shopping ?

Oui !

Kason ne lui renvoya pas de message, mais Jess ne s'inquiéta pas. Il ne lui avait jamais fait faux bond. Le mois qui venait de s'écouler avait été surréaliste ! Si elle avait craint de vivre avec Kason, c'était sans raison. Il lui avait donné sa chambre d'amis et lui avait installé sa propre petite télévision pour qu'elle ait un endroit où aller si elle avait besoin de temps pour elle. Il lui avait également donné cinq cents dollars afin qu'elle puisse s'acheter ce qu'il lui manquait. Jess avait insisté pour que ce soit un prêt. Kason avait acquiescé, mais elle devinait qu'il n'accepterait jamais qu'elle le rembourse.

Alors, Jess s'assurait de faire sa part des corvées. Quand elle faisait sa lessive, elle faisait aussi tourner celle de Kason, puis elle passait l'aspirateur et faisait la vaisselle lorsqu'il cuisinait.

Elle apprit rapidement qu'il était maniaque au niveau de la cuisine et de la préparation des repas. Caroline l'avait regardée comme si elle était une extra-terrestre débarquée d'une autre planète le jour où elle lui avait raconté qu'elle et Kason préparaient fréquemment les repas ensemble. Son amie lui avait expliqué que Kason ne laissait jamais *personne* l'aider. Jamais. Pas même ses coéquipiers. La cuisine était son domaine et personne n'avait le droit d'y entrer quand il était aux fourneaux.

Jess avait été choquée, car Kason ne lui en avait jamais rien dit. Quand elle lui en avait parlé un soir, il avait simplement répondu :

— Ça ne me fait rien quand c'est *toi* qui m'aides.

Jess avait laissé filer parce qu'honnêtement, préparer le dîner côte à côte dans la petite cuisine était un de ses moments favoris.

Quand Kason devait travailler tard, Jess s'assurait qu'il ait quelque chose qui l'attende à son retour. Elle savait qu'elle ne cuisinait pas aussi bien que lui, mais Kason ne lui avait jamais fait sentir que ce qu'elle préparait était moins délicieux que ce qu'il lui mijotait.

Il avait admis que la plupart du temps, lorsqu'il vivait seul, il se contentait de fourrer un dîner tout prêt au micro-ondes. Jess avait été consternée, mais Kason avait juste éclaté de rire.

Jessyka s'avouait qu'elle en était arrivée à un point où elle en voulait plus avec Kason, mais elle ne savait franchement pas ce qu'il pensait d'elle. Il la touchait tout le temps. Il l'embrassait sur la tête, passait la main autour de sa taille ou au creux de son dos pour lui faire contourner les meubles et aller là où il le désirait. Quand ils regardaient la télévision, il glissait un bras autour d'elle et elle se blottissait contre lui, mais il ne lui avait pas donné l'impression de vouloir plus que de l'amitié.

Kason ne l'avait plus prise dans ses bras depuis cette première nuit. De temps en temps, quand elle faisait un cauchemar, elle aurait eu envie de sentir la sécurité des bras de Kason autour d'elle. Mais elle choisissait de rester allongée seule dans son lit, bien éveillée, à attendre que ses terreurs se dissipent.

Vivre avec Kason lui faisait apprécier ce que ses camarades et lui devaient faire pour garder la forme. Ils s'entraînaient ou bien suivaient leurs exercices presque tous les matins. Ils couraient quinze kilomètres le long de la plage, nageaient, faisaient du vélo ou de la muscu... Sans parler des simulations auxquelles ils devaient participer à la base afin de maîtriser les dernières techniques d'extraction ou ce genre de choses. Et ils avaient toujours des réunions confidentielles.

C'étaient des hommes très occupés, mais à chaque fois que Jess avait appelé ou envoyé un texto à Kason, celui-ci avait répondu. Jess ne savait pas comment il faisait, mais cela lui donnait l'impression d'être spéciale, et elle n'avait jamais ressenti cela avant. De son côté, Brian n'avait jamais accouru quand elle s'était abaissée à lui demander de l'aide. Elle se rappela qu'une fois, lorsqu'ils étaient ensemble, elle avait crevé un pneu. Se sentant nerveuse à cause de l'heure tardive et de l'obscurité, elle l'avait appelé. Mais il l'avait grondée de l'avoir dérangé alors qu'il devait se lever tôt pour aller travailler. Jess avait fini par appeler un garage, et il avait fallu plus d'une heure pour changer le pneu avant qu'elle puisse enfin rentrer à la maison. Elle avait vite intégré que demander de l'aide à Brian était une perte de temps.

Elle ne voyait absolument pas comment découvrir si Kason la considérait comme plus qu'une amie. Elle avait peur de faire des vagues. Et si ce n'était pas le cas ? Elle se sentirait gênée en sa présence et cela détruirait probablement leur amitié. Elle avait l'impression d'être au collège, obsédée par un amoureux. Jess savait que la première étape pour essayer de faire évoluer leur relation était de quitter l'appartement. Elle avait besoin d'avoir un endroit à elle d'où elle pourrait se lancer et voir si, d'aventure, si elle avait de la chance, Kason désirait plus qu'une amitié.

Jess sursauta quand le téléphone de Summer sonna. Elles traversaient rapidement le centre commercial vers le grand magasin situé de l'autre côté.

— Oui, Mozart... Je fais du shopping avec Jessyka... Vraiment ?... Mais... D'accord, alors on se voit vite... Je t'aime aussi. À plus.

Jess ravala le sourire qui menaça de lui monter aux lèvres.

— Oh, Jess. Je suis désolée, mais c'était Mozart. Il faut que j'y aille.

— Tout va bien ?

Jess ne put s'empêcher de retenir le sourire qui lui fendit le visage quand Summer rougit.

— Oui, il a le reste de l'après-midi de libre... Il veut que je rentre.

— Pas de problème, Summer. On pourra faire du shopping un autre jour.

— D'accord.

Jess reprit son téléphone tandis que Summer la précédait à travers le centre commercial pour retourner vers la sortie et regagner sa voiture. Elle envoya rapidement un texto :

Merci. Tu me sauves.

Je ferais n'importe quoi pour toi, ma belle.

— Summer, tu peux me déposer au *Aces* ? Puisque je ne suis pas pressée, j'ai envie de passer récupérer mon emploi du temps pour les deux semaines qui viennent. Il faut aussi que je parle à mon patron pour voir si je peux ajouter des heures supplémentaires.

— Tout va bien ? Tu as besoin d'argent ?

— Vous m'offrez toujours de la thune, feignit de grommeler Jess. Non, ça va. J'ai simplement songé à sortir des pattes de Kason et à prendre mon propre appart. J'ai économisé quasiment suffisamment d'argent et si je peux avoir quelques heures en plus, je crois que dans deux semaines, j'aurai tout ce qu'il faut pour être à l'aise.

Summer fit une drôle de tête et regarda Jess pendait qu'elles marchaient.

— Tu en as déjà parlé à Kason ?

— Eh bien, non, mais j'en ai l'intention.

— Je crois que tu devrais le faire avant de commencer à chercher ou de signer un bail.

— Bien sûr, Summer. Je ne lui manquerai jamais de respect comme ça. Je chéris trop notre amitié.

Summer continua de la dévisager bizarrement.

— Quoi ? Pourquoi est-ce que tu me regardes comme ça ?

— Qu'est-ce que tu penses de Kason ?

— Pourquoi est-ce que tu me demandes ça ? Tu sais que je l'aime bien.

— Oui, mais est-ce qu'il te plaît, ou alors tu l'aimes bien et c'est tout ?

— On est au collège ou quoi ?

Jess exprima la pensée qui lui était venue plus tôt :

— Réponds-moi simplement, Jess.

Comme Jessyka gardait le silence, Summer s'arrêta de marcher et se tourna vers son amie.

— Écoute, c'est généralement Caroline qui s'en occupe, mais apparemment, c'est à moi de m'y coller puisque c'est toi qui as abordé le sujet. Jess, Kason t'apprécie vraiment.

— Oui, je suis son amie. Je l'apprécie aussi.

— Non, arrête de faire l'innocente. Tu lui plais. Bon sang, Jess, tu penses qu'il aurait laissé n'importe quelle femme vivre avec lui dans son appartement ? Il aime son intimité. C'est un homme renfermé. Ne le prends pas mal, mais avant, il avait toujours des coups d'un soir. Il n'a jamais autorisé personne à cuisiner avec lui.

Personne. Mais toi, tu vis avec lui. Tu prépares à manger avec lui. Tu lui envoies des textos pour te sauver de tes méchantes copines qui veulent faire des courses avec toi.

Summer adoucit ses paroles avec un sourire.

Jess rougit, gênée que Summer ait compris qu'elle avait textoté Kason pour la secourir de cette virée shopping.

— Ce que j'essaye de te dire est qu'il a envie d'être plus qu'amis avec toi. On ne sait pas ce qu'il attend, mais je pense que c'est que tu lui donnes un signe que tu en as envie aussi. Si ce n'est pas le cas, alors déménage de chez lui. Trouve-toi un endroit à toi. Tourne la page. Mais s'il te plaît, dis-le-lui. Je te garantis qu'il ne va pas te décevoir.

— Et si ça détruit notre amitié ?

— Oh, Jess, ça n'arrivera pas. Je te le jure. De tout le groupe, toi et Kason avez eu la relation la plus longue avant de vous mettre ensemble... enfin, *si* vous vous mettez ensemble. Pour nous autres, ça a été une attirance instantanée. On a résisté un peu, mais c'était quand même rapide. Mais vous vous connaissez depuis *une éternité*, comparés à nous. Certes, vous commencez à peine à vraiment vous découvrir, mais vous avez une base qu'aucun d'entre nous n'avons eue, puisque vous avez vécu ensemble en tant qu'amis. Et c'est une bonne chose. Tout ce que je te demande est de le traiter avec égards. On aime tous Kason. Penses-y, d'accord ?

Jess répondit d'un hochement de tête. Kason l'appréciait-il vraiment plus qu'en tant qu'amie ? Elle essaya de repenser au mois qui venait de s'écouler, d'analyser leur relation, ses contacts physiques... Summer interrompit ses réflexions :

— Arrête de trop ruminer, Jess. Lance-toi. Dis-lui que tu veux lui parler ce soir, expose-lui tes sentiments et dis-lui que tu veux savoir s'il ressent le moindre désir de faire évoluer votre amitié. Si c'est non, il te le dira. Tu pourras donner suite à ton idée de prendre ton propre appart et voilà tout. Mais s'il a envie que les choses bougent, tu ne trouveras pas d'homme plus généreux et décidé à te faire plaisir et veiller sur toi qu'un soldat d'élite. Je te le promets.

— Ça me terrifie, mais tu as raison, Summer. Merci.

— Je t'en prie.

Summer prit le bras de Jess dans le sien et l'attira vers la sortie.

— Maintenant, envoie-lui un texto pour lui dire que je te dépose au bar et qu'il peut venir te chercher dans une heure environ.

— Tu es aussi autoritaire que ton homme... Tu le sais ?

— Oui, j'ai eu un bon professeur. Allons, viens, partons. Et j'espère que tu vas m'appeler ou bien m'envoyer un texto quand il te laissera respirer.

— Tu es si certaine de la réponse de Kason ?

— Oh, oui. Tu ne sais pas ce qui t'attend.

Summer afficha un sourire discret tout en entraînant Jess vers sa voiture. Elle avait hâte de contacter les autres filles pour leur dire que leur plan avait été enclenché. Elle croisait les doigts pour que la prochaine fois qu'elles voient Jess, elle soit réellement devenue l'une d'entre elles.

9

Tu peu venir me chercher o bar qd tu veu

Je serai là dans 20 minutes. Reste à l'intérieur en attendant.

Jessyka leva les yeux au ciel en lisant le texto de Kason. Elle faisait semblant de s'irriter de ses ordres, mais au fond, cela ne lui faisait rien. Cela signifiait qu'elle comptait pour lui. Brian s'était toujours emporté quand elle lui demandait de venir la chercher quelque part, alors c'était un changement plutôt agréable. Elle n'aimait pas comparer constamment Kason à Brian, mais les différences étaient tellement notables qu'elle ne pouvait pas s'en empêcher.

Jess reposa le téléphone et cala ses coudes sur le comptoir. C'était le milieu de l'après-midi, après l'agitation du déjeuner, mais avant la pression du dîner et du bar. Elle avait parlé à son patron et il avait volontiers accepté de lui ajouter des heures.

Jess supposait que la plupart des gens auraient détesté travailler comme serveuse, mais cela lui plaisait franchement. Chaque jour était différent et elle était douée. Elle n'avait pas besoin d'écrire les commandes ; elle parvenait à effectuer les changements dans sa tête et au fil des années, elle était devenue le type de serveuse que tout le monde réclamait. Parfois, elle se montrait amicale, et d'autres fois, ses interactions restaient discrètes et plus professionnelles. Elle savait même à quel point elle pouvait flirter sans que cela soit interprété comme des avances.

Se demandant ce qu'elle allait dire à Kason ce soir-là, Jess était perdue dans ses pensées quand Brian entra, accompagné de plusieurs hommes. Elle ne l'avait pas vu depuis la nuit où il lui avait cassé la figure et que Tabitha était morte. Les yeux de Brian se posèrent immédiatement sur elle. Le regard qu'il lui jeta la fit tressaillir. Le bras de Brian était couvert d'un plâtre qui allait du bout de ses doigts jusqu'à son épaule.

Nauséeuse et terrifiée, même s'ils étaient dans un endroit public et qu'ils étaient entourés de monde, Jess prit son téléphone et se rendit à l'arrière du bar puis dans le bureau. Elle frappa à la porte et son patron répondit.

— Est-ce que je peux attendre ici que Kason vienne me chercher ?

— Bien sûr, ma belle. Quelque chose ne va pas ?

M. Davis était un homme baraqué. Il avait passé

plusieurs années dans la Marine. Jess ne savait pas combien, mais quand il en était sorti, il avait acheté le bar et en était devenu le patron. Il lui avait dit plusieurs fois qu'il songeait à prendre sa retraite, mais Jess n'y croyait pas du tout. Il aimait le *Aces*. C'était son bébé.

— Mon ex vient d'entrer. C'est tout.

Son patron se redressa, prêt à se précipiter dans le bar. Kason l'avait pris en privé pour lui parler. Il avait voulu s'assurer qu'il sache que Brian était dangereux et qu'il devait s'efforcer de le tenir à l'écart de Jessyka. M. Davis avait immédiatement accepté. Même s'il était un marin à la retraite et non un soldat d'élite, il était quand même capable de défendre Jess contre tous ceux qui souhaiteraient lui faire du mal.

Jess tendit le bras vers M. Davis pour essayer de le rassurer et de l'empêcher de se précipiter dans le bar pour chasser Brian.

— Non, c'est bon. Il n'a rien fait. Il me fait simplement flipper. Si je peux attendre ici, ça ira.

— Pas de problème. Je sais que maintenant, tu as des amis parmi les Forces Spéciales, mais si tu as besoin de quoi que ce soit, je suis là.

— Merci, M. Davis. J'apprécie sincèrement.

Jess patienta dans le bureau et joua au solitaire sur son téléphone jusqu'à ce qu'il vibre.

Je suis là.

Jessyka se redressa et passa son sac sur son épaule.

— Je vous remercie, M. Davis. Kason est là. Je vous vois demain. Merci encore pour les heures sup'.

— Je t'accompagne dehors. Et bien sûr que tu peux avoir des heures sup', Jess. Je ne sais pas pourquoi tu as cru que je n'allais pas te les accorder. Tu es la meilleure serveuse que j'ai jamais eue.

Jess secoua la tête et sourit. Elle n'était pas certaine que ce soit vrai, mais c'était gentil de sa part.

Elle retourna dans le bar flanquée de son patron, cherchant nerveusement Brian des yeux. Il était assis à l'autre bout de la grande pièce, de l'autre côté de ce qui se transformait en piste de danse durant la soirée, et il la fusillait du regard. Il plissa les paupières et lui souffla quelque chose sans bruit. Jess dit au revoir de la main à son patron et boitilla vers Kason aussi rapidement qu'elle le pouvait, avant de l'étreindre fort lorsqu'elle arriva à sa hauteur. Elle voulait simplement sentir ses bras autour d'elle... se sentir en sécurité.

— Salut. Qu'est-ce qui ne va pas ?

— Rien. Est-ce qu'on peut y aller ?

Benny s'écarta de Jess, la retint par le haut des bras et la regarda dans les yeux. Il jeta un œil à son patron qui se tenait dans l'encadrement de la porte du bar, puis observa à nouveau Jess. Il se passait quelque chose, c'était sûr, mais un parking à ciel ouvert n'était pas l'endroit idéal pour en discuter. Par ailleurs, elle paraissait bien, sans blessures visibles, ce qui le rassura.

— D'accord, Jess. On y va. Monte.

Jess ne perdit pas de temps et grimpa en sécurité dans la voiture. Kason referma sa portière et elle le vit faire rapidement le tour du capot pour venir s'asseoir sur le siège passager. Il enclencha une vitesse et se mit en route sans dire un mot.

Jessyka n'y résista pas et tourna la tête en arrière vers le bar alors qu'ils s'éloignaient. La porte était à présent fermée et personne n'en sortit. Personne ne la suivit. Elle poussa un soupir de soulagement et se retourna vers le pare-brise.

Ce n'est que lorsque Kason lui parla qu'elle se rendit compte qu'elle aurait probablement dû se montrer plus discrète.

— Je ne sais pas ce que tu cherches, mais j'espère que tu vas m'expliquer quand on sera rentrés.

Jess se tourna vers lui et vit un muscle se contracter dans la mâchoire de Kason. Ses mains étaient crispées sur le volant et son corps était tendu. Oh, oh...

— Je vais bien, Kason. Il ne s'est rien passé.

— Mais quelque chose t'a fait flipper.

Merde. Il était trop intelligent.

— Oui.

Jess posa la main sur la cuisse de Kason et la sentit se tendre sous ses doigts avant de se décontracter légèrement.

Le trajet du retour se déroula en silence. Une fois arrivés, Kason se gara et fit le tour de la voiture afin d'aider Jess à sortir. Il plaça une main au creux de son dos et la suivit jusqu'à l'appartement. Après avoir ouvert les verrous, il la guida à l'intérieur, puis jeta ses clés dans le récipient près de l'entrée et croisa les bras.

— On est à la maison. Crache le morceau.

Jess n'hésita pas. Elle posa son sac sur la table près du récipient et se tourna vers Kason.

— Brian est entré dans le bar pendant que je t'attendais.

— Merde !

— C'est bon. Il ne m'a absolument rien dit.

— Alors pourquoi es-tu tellement tendue, Jess ?

— C'est stupide, je sais.

Benny fit un pas en avant et la prit dans ses bras. Il plaça une main derrière sa tête et la pressa contre sa poitrine. L'autre vint s'enrouler autour de sa taille jusqu'à ce qu'ils soient en contact depuis les hanches jusqu'au sommet du crâne de Jess.

— Ce n'est pas stupide.

Sa voix se détendit légèrement.

— Il m'a regardée bizarrement.

Au lieu de se moquer d'elle, Benny lui demanda simplement :

— Comment cela ?

Jess inspira profondément, inhalant l'odeur de Kason. Elle ne s'en lasserait jamais. Il sentait le savon dont il s'était servi ce matin-là et... l'homme. Elle ne savait pas comment le décrire. C'était probablement un mélange de sa sueur et de son odeur naturelle, mais qui avait sur elle un effet aphrodisiaque immédiat. Elle sentit ses mamelons se contracter. C'était complètement inapproprié, mais elle fut incapable de s'en empêcher. Se souvenant qu'il venait de lui poser une question, elle lui répondit enfin :

— Il était en colère. Il s'est présenté avec un groupe d'hommes et il m'a directement mitraillée du regard. Je suis retournée dans le bureau de M. Davis pour t'attendre. Quand tu es arrivé et que j'ai voulu partir, il m'a regardée en plissant les paupières et a marmonné quelque chose. Je n'ai pas compris ce que c'était parce que j'ai pris mes jambes à mon cou.

— C'est bien, l'apaisa Benny. Tu as bien fait.

— Il avait le bras dans le plâtre, murmura Jess, sans le regarder.

— Oui, je sais.

Elle leva brusquement la tête.

— Tu es au courant ?

— Oui. Les garçons lui ont fait ça quand ils sont allés chercher tes affaires.

Jess le regarda, surprise et effarée. Elle ne put que lui répéter ses paroles comme un perroquet.

— Les garçons lui ont fait ça ?

— Affirmatif. Je t'avais dit qu'il s'était comporté comme un connard. Ils ont bien été obligés de le convaincre qu'ils étaient sérieux. Maintenant, il sait que s'il te cherche des noises, ils s'assureront que ça lui retombe dessus. C'est aussi simple que ça.

Jess reposa la tête sur la poitrine de Kason et s'interrogea sur ce qu'elle ressentait à propos des actes de ses amis.

— Tu as besoin d'en parler ?

— Peut-être.

— Bon. Préparons-nous quelque chose à manger. Va prendre un bain chaud, essaye de te détendre. Ce sera prêt dans une heure environ. C'est suffisant ?

Jess hocha la tête, mais ne quitta pas les bras de Kason.

Benny aimait sentir Jessyka entre ses bras. Ce dont il avait vraiment envie était de la porter jusqu'à sa chambre, la déshabiller entièrement et la détendre de la meilleure manière qu'il connaissait, mais il voulait d'abord savoir si elle en avait envie. Il se recula et posa une main sur sa joue.

— Une heure ?

— Oui, c'est d'accord, Kason.

Benny ne put résister à l'envie de se pencher en avant pour lui déposer un baiser sur le front. Puis sur le nez, puis pour la première fois depuis qu'elle avait emménagé avec lui, il l'embrassa sur les lèvres, prenant garde à ce que le contact reste léger et rassurant.

— Va te faire couler un bain, ma belle.

Benny vit Jess se passer la langue sur les lèvres, comme si elle cherchait encore son goût.

— D'accord, murmura-t-elle, avant de s'éloigner de lui.

Quand Jess se tourna et s'en alla en boitillant, Benny dut réprimer le grognement qui menaçait de lui sortir de la gorge. Il ne plaisantait pas un mois auparavant lorsqu'il lui avait dit que sa démarche était terriblement sexy. Lorsqu'elle marchait, ses hanches ondulaient plaisamment d'avant en arrière. C'était plus excitant de la voir marcher elle que n'importe quel modèle sur un podium. Cet attrait était en partie dû au fait qu'elle ne comprenait absolument pas à quel point elle était sexy. Pas du tout. Absolument pas. Complètement ignorante...

Benny se tourna vers la cuisine. Il avait une heure pour préparer un bon plat réconfortant à sa femme. Il savait que Jess ruminait de sombres pensées, mais il espérait qu'une bonne discussion lui ouvrirait les yeux sur ce qui se développait entre eux.

Cinquante minutes plus tard, Jess émergea du couloir. Elle portait le même t-shirt qu'elle lui avait emprunté le premier jour. Benny sourit. Elle avait refusé de le lui rendre, soutenant qu'il le lui avait donné et qu'il n'allait pas le reprendre. Benny n'y voyait pas le moindre inconvénient. Elle pouvait lui voler tous les t-shirts qu'elle voulait. Il aimait la voir dans ses vêtements et s'imaginer qu'elle ne portait rien en dessous.

Ses cheveux mouillés étaient presque assez longs pour faire une queue de cheval. Elle lui avait expliqué qu'elle se les était coupés parce que Brian aimait tirer dessus pour attirer son attention. Kason avait ravalé les mots durs qu'il avait sur le bout de la langue et lui avait simplement dit qu'il la trouvait bien qu'elle ait les cheveux longs ou courts, tant qu'elle était contente.

Le bain l'avait fait rougir et Benny discernait une

fine couche de sueur sur son front. Elle était belle et il n'avait jamais autant désiré une femme.

— Va t'asseoir sur le canapé. On va manger là-bas.

— Je peux t'aider ?

— Non, merci. Je gère. Laisse-moi te gâter un peu.

— Tu es toujours en train de me gâter.

— Oui, eh bien, laisse-moi continuer à le faire.

Benny sourit afin que Jess comprenne qu'il plaisantait. Il se détendit quand elle lui rendit son sourire et s'exécuta.

Il disposa le dîner sur une assiette et prit plusieurs serviettes. Deux bouteilles d'eau calées sous son bras, il se dirigea vers Jess.

— Bon sang, Kason. Tu aurais dû me laisser t'aider. J'aurais porté quelque chose.

— J'ai dit que je gérais.

Benny se pencha et Jess l'autorisa à lui retirer les bouteilles de sous le bras. Il se tourna et posa l'assiette sur la table basse, s'installant ensuite à côté d'elle. Puis il s'empara de la couverture jetée sur le dossier du canapé et attira Jess contre lui. En la dépliant sur ses genoux, il fit en sorte que Jess n'ait pas froid après son bain.

Enfin, il tendit le bras et prit l'assiette de nourriture avant de se caler à nouveau en arrière, réajustant Jess contre lui.

— Qu'est-ce que tu as préparé ?

— Des bouchées de pizza.

— Faits maison ?

— Oui.

Jess sourit. Il avait acquiescé, mais son ton disait plutôt « qu'est-ce que tu crois ? ».

Elle tendit la main vers une des bouchées, mais Kason les lui retira.

— Ah, non. Je m'en occupe.

Benny prit une des boules de pizza maison et souffla dessus, pour éviter qu'elle se brûle en les goûtant. Il en mordit une bouchée et, trouvant la température acceptable, il la tendit à Jess qui le regarda d'un air incrédule.

— Ouvre la bouche.

Quand Jess voulut lever la main pour lui prendre la pizza, il la tint à nouveau hors de sa portée.

— Ouvre, répéta-t-il.

Jess s'exécuta et ne quitta pas Kason des yeux alors qu'il portait le morceau à sa bouche. Il en mit un morceau entre ses dents et elle y mordit. Un peu de sauce en sortit, mais avant qu'elle ne puisse couler, Kason la rattrapa avec son doigt. Puis il fourra l'index dans sa bouche et suça le reste de sauce rouge qu'il venait de lui essuyer du visage.

Ils ne détachèrent pas leur regard l'un de l'autre. Jess acheva de mastiquer la première bouchée et Kason leva le reste de la pizza jusqu'à ses lèvres. Elle ouvrit docilement la bouche et sentit le pouce de Kason frôler ses lèvres alors qu'elle les refermait autour de la délicieuse boule de pâte.

Kason continua de la nourrir. Il prenait une

bouchée puis lui en donnait une. À chaque fois, il goûtait en premier pour voir si ce n'était pas trop chaud avant de la laisser mordre dedans.

Jessyka se sentait bizarre. Elle savait qu'elle aurait dû paniquer à propos de Brian et des choses que les soldats d'élite lui avaient faites, mais elle n'en avait simplement pas l'énergie. Entre le bain et le fait d'être dans les bras de Kason et de se faire nourrir, elle se sentait toute molle.

Une fois qu'ils eurent terminé les bouchées de pizza, Kason se pencha et replaça l'assiette à présent vide sur la table basse. Il se cala à nouveau dans le canapé et se tourna en prenant Jess avec lui.

Benny la tint dans ses bras alors qu'il les faisait rouler sur le canapé. Il se déplaça afin de se retrouver sur le dos tandis que celui de Jess était calé contre le dossier. Elle était allongée à moitié sur lui et à moitié sur le canapé. Sa tête reposait sur son épaule et un de ses bras était passé en travers de son ventre. Lui-même avait glissé un bras autour de ses épaules tandis que l'autre reposait doucement sur la main qu'elle avait posée sur son ventre. Il poussa un soupir de contentement.

Benny ne s'était pas permis le luxe d'étreindre Jess depuis la nuit où elle avait emménagé. Certes, elle s'était blottie contre lui sur le canapé pendant qu'ils regardaient la télé, mais ce n'était pas pareil. Il voulait lui donner de l'espace et ne pas la forcer dans une relation à laquelle elle n'était pas préparée. Pourtant... il la désirait. Cela s'était même accru depuis le mois précédent. Il connaissait toutes les choses importantes la concernant, hormis une seule : ce qu'elle ressentait pour lui.

Il venait de passer un mois à fantasmer sur elle. Non seulement se réveillait-il en bandant et devait se soulager avant d'aller à l'entraînement, mais toutes les nuits, il allait également se coucher dur comme la pierre, en imaginant Jess étendue sur son lit dans la pièce d'à côté. Il avait dû nettoyer ses draps bien plus souvent à présent que Jessyka vivait avec lui.

— Tu es à l'aise ? Ta jambe ne te fait pas mal ?

— C'est parfait, Kason. C'est parfait.

Benny attira Jess contre lui et lui déposa un baiser sur le front avant de se réinstaller.

— Bien. Maintenant, parle-moi.

Jess n'hésita pas et exprima ce qu'elle pensait :

— Je ne m'inquiète pas pour Brian, parce qu'à ce niveau-là, je ne vois pas pourquoi je le ferais. Mais j'ai peur pour les garçons. Et si Brian va parler à la police ? Et s'ils ont des problèmes ? Et si Brian s'en prend à Caroline ou à l'une des filles ? Et si...

— Allons, du calme, ma belle. Laisse-moi répondre à tes inquiétudes une par une, d'accord ?

Benny attendit que Jess hoche la tête contre lui avant de poursuivre :

— D'abord, Brian n'ira pas voir la police. Ils ont déjà une déposition avec ce qu'il t'a fait. Souviens-toi, ils avaient pris des photos à l'hôpital. Brian sait que ce sera sa parole contre celle d'un soldat d'élite. Laquelle l'emportera, à ton avis ?

Sans attendre qu'elle réponde, il poursuivit :

— Wolf a informé notre commandant de ce qui s'est passé. En gros, il lui a donné un préavis. Bien sûr, il n'est pas entré dans les détails, mais ça suffit pour que si notre chef venait à l'apprendre de source officielle, il défende notre équipe. Et enfin, Brian ne lèvera certainement pas le petit doigt contre les femmes. Il sait qu'on est plus nombreux et plus armés que lui. En plus, elles sont sous surveillance 24h/24.

— Qu'est-ce que tu veux dire ?

Benny soupira. Il ne savait absolument pas comment Jess allait le prendre, mais il devait lui fournir quelques éléments de contexte.

— Es-tu vraiment au courant de ce que les filles ont traversé ?

Jess leva les yeux vers Kason. Il semblait tellement sérieux.

— J'en sais un peu, mais apparemment pas assez à en juger par la tête que tu fais.

Benny plaça une main sur la tête de Jess et l'encouragea à s'allonger.

— Wolf a rencontré Caroline dans un avion qui a été détourné par des pirates. Ils y ont survécu, mais les malfrats s'en sont pris à elle et l'ont enlevée. Alabama a quitté Abe et s'est enfuie parce qu'il s'était comporté comme un con et l'avait blessée. On a mis des semaines avant de pouvoir la retrouver ; elle vivait dans la rue. Cookie a rencontré Fiona lorsqu'on l'a envoyé au Mexique pour secourir une autre femme qui avait été enlevée par des trafiquants d'esclaves. Elle avait été gardée en captivité pendant environ trois mois quand on l'a tirée de là, et personne n'avait remarqué ni ne s'était inquiété de sa disparition. Summer a été enlevée par un homme qui avait kidnappé, torturé et assassiné la petite sœur de Mozart quand il était au lycée. Cheyenne s'est retrouvée avec une bombe fixée à la poitrine... à deux reprises ! Et enfin, tu sais ce qui est arrivé à Cheyenne, Summer et Alabama quand on les a enlevées dans le bar il n'y a pas si longtemps.

Benny inspira profondément. Il abordait la partie difficile.

— Les garçons se sont réunis et ont décidé que cette merde devait se terminer. On a un ami qui habite en Virginie... Tex. C'est un ancien soldat d'élite, mais il a été blessé et il s'est reconverti dans l'informatique à l'est du pays. Il peut retrouver n'importe qui. Il nous a littéralement aidés à sauver la vie de toutes les femmes de l'équipe. Il commet des actes illégaux auxquels on prétend ne rien savoir, et il connaît des gens dans toutes les branches de l'armée et probablement dans chaque État. On ferme les yeux sur ses infractions parce qu'il est efficace et qu'il nous a sauvés plus de fois qu'on ne saurait le dire. Il surveille les filles. Elles sont sous surveillance constante. Chaque jour, pour chacun de leurs mouvements.

— Mais, Kason...

— Je n'avais pas fini. Laisse-moi finir, puis je répondrai à toutes tes questions.

Benny attendit que Jess acquiesce, avant de poursuivre :

— Elles sont au courant. Elles ont accepté. Ce qui leur est arrivé les a toutes marquées. Ça les rassure de savoir que leurs hommes seront capables de les retrouver si jamais il leur arrive à nouveau quelque chose. Nous exerçons un métier dangereux. On n'a vraiment pas envie qu'un connard qu'on a capturé, blessé, vaincu ou quoi que ce soit, essaye de revenir se venger en s'en prenant à nos femmes. Leurs chaussures ont des traceurs, ainsi que leurs sacs et certains de leurs vêtements. Elles ont même plusieurs bijoux qui en ont un à l'intérieur. Jess, souviens-toi seulement d'une chose. Elles sont au courant et sont d'accord. Ce n'est pas par simple manipulation ou autorité de notre part, ce qui peut nous arriver à tous, je l'admets volontiers. Ça n'a rien à voir.

» Alors même si Brian ne sait rien de tout ça, les garçons lui ont bien fait comprendre que s'il songe ne serait-ce qu'un instant à s'en prendre à leurs femmes, il paiera. Et ce sera entièrement déconnecté de nous. Tex connaît des gens. Je sais qu'il est également proche d'une équipe de la Delta Force. On pourra s'arranger pour la rémunération sans qu'aucun de nous ne soit impliqué d'une quelconque façon.

— Ça ressemble à une sorte de mafia, Kason. Je n'aime pas ça.

— Je sais, et je suis désolé, Jess. Mais on est comme ça. On est une famille, certes un peu comme une mafia, mais on ne va pas faire du mal ou intimider des gens pour le plaisir. D'ailleurs, je crois que c'est la seule fois où les gars ont accepté les propositions répétées de Tex de lui permettre de s'impliquer.

Benny la laissa digérer ses paroles. Le silence s'étira pendant au moins cinq minutes, mais ce n'était pas gênant.

Jess s'exprima enfin :

— Tu penses vraiment que je suis en sécurité ? Qu'il ne s'en prendra pas à moi ?

— Je pense vraiment que tu es en sécurité. Sinon je te le dirais afin que tu sois plus vigilante et que tu restes sur tes gardes. Je ne te cacherais jamais une chose pareille.

— Tu me fais surveiller ?

Enfin. C'était la question à laquelle Benny s'était attendu depuis qu'il avait mentionné qu'ils faisaient surveiller les autres femmes.

— Non.

— Pourquoi pas ?

Voilà une question à laquelle il ne s'attendait *pas*.

— Je t'ai expliqué que les filles étaient au courant pour les appareils. Je ne t'aurais jamais fait ça sans ton consentement.

Sans lever la tête, Jess dit d'une voix qui se brisa :

— Je crois que je me sentirais plus en sécurité.

Benny n'hésita pas une seconde avant d'accepter.

— Alors je vais t'organiser ça.

— Mais, Kason, c'est différent pour moi. C'est simplement que...

Jess s'interrompit en songeant à la meilleure façon d'exprimer ses pensées et à ce que Summer lui avait dit cet après-midi-là.

— Je ne suis pas *avec* toi. Je suis seulement ton amie. Ce n'est pas pareil.

Benny se glissa de sous Jessyka et la fit se déplacer jusqu'à ce qu'elle se retrouve allongée sur le dos et qu'il soit penché au-dessus d'elle. Positionnant un coude près de sa tête, il lui caressa le cou de la main.

— Je peux être honnête avec toi, Jess ? J'ai été relativement franc ce soir. Est-ce que tu peux en entendre davantage ?

— De ta part ? Oui.

Benny ne tergiversa pas :

— J'ai envie de toi. Certes, tu es mon amie, mais j'en veux plus. Je veux être ton amant, te voir dormir dans mon lit, allongée sur mes draps, nue et enthousiaste. Je veux te voir dans la douche les matins pendant que je me rase. Tu fais déjà ma lessive et tu cuisines pour moi quand je ne suis pas à la maison pour le faire moi-même. On se comporte déjà comme un couple, sans l'intimité. J'avais l'intention de te donner de l'espace. Je voulais que tu sois sûre. Personnellement, ça fait un moment que je suis sûr. J'ai désiré t'avoir dans mon lit une semaine environ après ton emménagement.

— C'est tout ce dont tu as envie, Kason ? Parce que je ne pense pas être capable de pouvoir gérer une simple relation sexuelle avec toi. Je suis trop impliquée émotionnellement.

— Bon sang, non, ce n'est pas du tout mon intention. Si j'avais juste envie de prendre mon pied, je pourrais le faire tous les jours. J'ai envie de *toi*, Jess. Tu ne sais pas à quel point j'ai envie de toi, de tout chez toi. Je veux être libre de te prendre la main quand et où je veux. J'ai envie de te faire asseoir sur mes genoux et de passer les bras autour de toi quand tu viens me rejoindre au *Aces*. J'ai envie de clamer haut et fort que tu es à moi, afin qu'aucun autre homme ne te regarde quand tu déambules avec ta démarche sexy. Je veux que tout le monde sache que tu m'appartiens. Tu peux gérer ça ?

— Oui, je crois que je peux.

Jess lui sourit, ne s'étant pas sentie aussi heureuse depuis longtemps.

Ils se regardèrent tous les deux avec de larges sourires.

— Est-ce qu'on vient d'accepter de « sortir ensemble » ?

Benny éclata de rire.

— Je n'ai pas entendu cette expression depuis le collège. Et non, on n'a pas accepté de « sortir ensemble ». On a accepté le fait que tu es à moi. Tu as accepté que je m'occupe de toi et veille sur ta sécurité. Tu as accepté de dormir dans mon lit, de te doucher dans ma salle de bains quand j'y suis aussi, et de me laisser poser mes mains et mes lèvres sur toi quand et où je veux.

— Euh...

— Je vais t'embrasser, maintenant, Jess, et je ne m'arrêterai que lorsqu'on sera tous les deux si épuisés qu'on sera comateux dans mon lit.

Benny attendit qu'elle accepte. Il n'aurait jamais rien fait contre sa volonté.

— Je t'en prie, Kason. Ça fait une éternité que j'attends de sentir tes lèvres sur les miennes.

Benny baissa la tête pour conquérir ce qui lui appartenait enfin.

10

Il l'embrassa sans préliminaires en plaquant ses lèvres contre celles de Jessyka, et sentit la chair de poule lui remonter le long des bras quand elle s'ouvrit immédiatement à lui.

Jess n'était pas timide ; elle n'hésita pas et prit tout ce qu'il lui donnait.

Il plongea sa langue dans sa bouche et se délecta de sa saveur. Il n'avait jamais été aussi excité par un simple baiser. S'il n'avait pas attendu aussi longtemps d'être en elle, pile là où il le désirait, il aurait pu passer la nuit simplement à l'embrasser. Mais il était trop impatient. Il avait besoin de la voir ; de voir tout d'elle. Benny avait besoin de Jess dans son territoire et dans son lit.

Il interrompit le baiser et se redressa sur les coudes, ressentant son érection s'enfoncer davantage contre le pubis de Jess. Il sourit et grogna quand il la sentit arquer les hanches contre lui.

— Tu es tellement sexy et entièrement à moi. Viens, j'ai envie de t'avoir dans mon lit.

Cela ne semblait pas trop rapide, puisqu'ils avaient appris à se connaître très bien au cours du moins précédent, et cela semblait juste, à présent qu'ils avaient parlé, de passer à l'étape supérieure.

Benny se redressa et quitta le canapé en tendant une main à Jess. Celle-ci n'hésita pas, elle mit immédiatement sa main dans la sienne et le laissa la soulever du canapé, faisant tomber à terre la couverture sans qu'ils ne s'en rendent compte.

— Marche devant moi, Jess. Je veux voir tes hanches onduler et savoir que je t'aurai bientôt toute à moi. Tu ne sais pas à quel point j'ai désiré ces hanches et ces fesses dans mon lit !

Jess s'empourpra, mais fit ce que Kason lui demandait. Un brin audacieuse, elle descendit le petit couloir en exagérant son boitillement, souriant lorsqu'elle entendit Kason grogner. C'était amusant de l'allumer, surtout en sachant sur quel plaisir débouleraient ses taquineries... du moins l'espérait-elle.

Elle entra dans sa chambre et inspira profondément. Elle était imprégnée de l'odeur de Kason. Jess se tourna après être entrée et lui fit face.

Il était en train de retirer brusquement son t-shirt.

— Enlève ton haut, ma belle. Laisse-moi te regarder.

Il se dirigea vers elle et lui écarta les mains de son t-shirt.

— Trop tard. Lève les bras.

Son impatience fit sourire Jess et bientôt, la bouche de Kason se plaquait contre son cou.

— J'ai vu comment tu avais réagi aux paroles de Dude le mois dernier, à propos des marques sur le cou d'une femme. J'ai besoin de voir *ma* marque sur toi. J'ai besoin que tous les autres la voient aussi.

Jess ne s'était jamais autant amusée durant les préliminaires ou même le sexe.

— Eh bien, puisqu'on « sort ensemble », je suppose que je suis tenue de te faire un suçon aussi.

Elle sentit la lèvre de Kason se retrousser en un sourire, puis elle grogna et laissa sa tête retomber en arrière. Il suça fort son cou et elle sentit ses dents la mordiller puis sa langue cajoler sa peau. Son autre main était occupée sur son sein. Kason ne lui avait pas encore retiré son soutien-gorge, mais ses doigts jouaient en dessus et au-dessous du bonnet, taquinant son mamelon pour le faire durcir.

— Oh, Seigneur, Kason. Oui ! C'est tellement bon.

Sans lui lâcher le sein, il frôla les côtes de Jessyka avec son autre main et leva suffisamment la tête pour murmurer d'une voix satisfaite :

— Je te sens frissonner...

Puis il revint à son cou.

Il garda ses lèvres sur elle, mais les fit reculer jusqu'à ce que les jambes de Jess entrent en contact avec le matelas. Benny continua de pousser jusqu'à ce que Jess n'ait pas d'autre choix que de s'asseoir. Enfin, il leva la tête et la regarda dans les yeux alors qu'il portait les deux mains à ses seins. Il joua avec et les taquina, faisant courir ses doigts sous son soutien-gorge et au-dessus de ses mamelons avant de reculer et de passer ses mains sur les bonnets.

Pendant qu'il caressait son corps, Jess faisait aller et venir ses mains de haut en bas sur celui de Kason. Sa poitrine était extraordinaire. Dure et musclée. Il n'avait pas un gramme de gras sur tout le corps, du moins, pas à ce qu'elle en voyait. Sans pouvoir s'en empêcher, elle porta les mains à ses mamelons et les pinça.

Benny grogna et saisit les poignets de Jess.

— Oh non, si tu continues comme ça, on aura terminé avant d'avoir commencé.

Jess le regarda avec une moue taquine.

— Mais j'ai envie de jouer, moi aussi.

— Oh, tu vas jouer, ne t'inquiète pas. Mais c'est mon tour d'abord. Tu as de la chance d'être capable de jouir plusieurs fois, alors que nous, pauvres hommes, devons nous contenter d'un seul orgasme par session.

— Plusieurs fois ? demanda Jess, ébahie.

— Oh, merde. Vraiment ? Tu ne le sais pas déjà ? Putain, on va bien s'amuser. Retire ton soutif et allonge-toi.

Jess se contenta de dévisager Kason qui s'éloignait d'elle d'un pas. Elle ressentit immédiatement cette perte. Passant les bras derrière elle, elle détacha son soutien-gorge. Puis elle le laissa tomber le long de ses bras et sur le sol alors qu'elle se reculait sur le lit et s'allongeait comme Kason le lui avait demandé.

— Ferme les yeux et ressens les choses.

Elle ferma immédiatement les paupières. Elle savait qu'au point où ils en étaient, elle aurait fait tout ce que Kason lui aurait demandé... Ils le savaient tous les deux.

Jess sentit les mains de Kason sur sa taille. Il ouvrit le bouton de son jean et elle l'entendit descendre la fermeture éclair. Mais au lieu de la déshabiller, il fit simplement courir ses doigts autour de son ventre et de sa taille.

— Ça fait des semaines que je me demande à quoi ton intimité ressemble. Est-ce que tu t'épiles ? Es-tu complètement rasée ? Est-ce que tu entretiens un peu et tu n'as qu'un petit buisson ? Ou bien peut-être que tu ne fais rien et tu es aussi sauvage que ta personnalité ? Est-ce que j'ose deviner quoi, ma belle ?

Quand Jess ouvrit la bouche pour répondre à sa question rhétorique, elle sentit un de ses doigts venir se plaquer contre ses lèvres.

— Non, ne me dis rien. J'ai envie de le découvrir par moi-même.

Enfin, Kason lui retira son jean. Elle était quasiment nue, ne portant que sa culotte de coton noir. Jess haletait. Elle en avait vraiment envie.

— Ouvre les yeux. Regarde-moi.

Elle ouvrit brusquement les paupières et croisa le regard de Kason.

— Tu es belle. Tu es belle sur mes draps, dans mon lit.

Ses mots lui firent durcir les mamelons encore davantage. Il dévora son corps du regard avant de revenir à ses yeux.

— Une fois qu'on l'aura fait, je ne te laisserai pas, Jess. J'espère que tu le sais.

— Je le sais. Si on le fait, tu es à moi aussi, répondit-elle d'une voix affirmée et pressante. Ça marche des deux côtés.

— Oui, c'est vrai. Je suis à toi, tu es à moi. Merde, ça me plaît !

Jess sourit. Le langage de Kason se faisait de plus en plus coquin avec son excitation.

Pour faire durer le suspense de savoir à quoi elle ressemblait sous sa culotte, Benny se pencha et goûta ses mamelons pour la première fois. Jess n'avait pas une forte poitrine, mais ce qu'elle avait était parfait. Benny ne connaissait pas les tailles, mais elle convenait parfaitement à la paume de ses mains. Il lui pressa les seins puis lui pinça les mamelons entre deux doigts.

— Tu aimes allumer, Jess ?

Jessyka cambra le dos. Dieu, ses doigts étaient tellement bons ! Elle se trémoussait fébrilement sous lui.

— Seigneur, Kason, je t'en prie !

— De quoi, ma belle ?

— Je ne sais pas !

Jess leva la tête et vit qu'il affichait un large sourire.

— Ah, oui, ça va être amusant.

Il retira ses mains d'elle et, toujours au-dessus d'elle, se balança en arrière, à genoux. Il porta les mains à la ceinture de son propre jean tout en abaissant sa fermeture éclair. Dès qu'elle fut suffisamment descendue, son gland se fit voir à travers l'ouverture de son caleçon.

Jess ne put s'empêcher de pouffer.

Benny sourit. Il n'avait encore jamais ri pendant le sexe. Tout était nouveau avec Jess.

— Il a l'air excité de sortir jouer.

— Oh, il est excité, c'est sûr, mais il devra attendre. J'ai des choses à faire avant.

— Des choses ?

— Des choses, confirma-t-il avec un sourire.

Jess regarda Kason se pencher sur le côté alors qu'il retirait son jean une jambe après l'autre. Puis il se laissa glisser sur le lit jusqu'à ce que son visage se retrouve pile sur sa culotte mouillée. Il fit alors courir son index le long de la couture avant de remonter.

— C'est trempé.

Jess gémit.

— Oui... s'il te plaît.

— C'est pour moi.

— Oui, Kason. Pour toi.

— Ça me plaît.

Cette fois, Jess ne répondit pas, sachant qu'il jouait

avec elle. Au lieu de cela, elle plia les genoux et écarta les jambes.

— Oh, oui ! Je sens à quel point tu me désires. Tu en as envie, n'est-ce pas, Jess ?

— Oh, Kason. Oui. Est-ce que tu peux continuer ? Parce que je n'en peux plus.

Apparemment, ses paroles firent basculer Kason, car il fourra la main dans sa table de chevet et en tira un couteau. Il l'ouvrit et regarda Jess.

Celle-ci ne recula même pas et souleva simplement les hanches en murmurant :

— Oh, oui !

Benny sourit.

— Tu n'as pas peur de ce que je vais en faire ?

— Tu ferais mieux de détruire ma culotte et de me lécher le minou si tu as un brin de cervelle.

Benny éclata de rire. Jess était parfaite. C'était un côté d'elle dont il avait deviné la présence sous sa personnalité un peu abattue. Brian l'avait fait plier, mais il ne l'avait pas rompue.

— Ne bouge pas.

Il plaça une main sur son ventre et pressa fort, s'assurant qu'elle ne tressaille pas ou ne bouge pas par inadvertance. Il ne voulait pas la couper, elle, juste l'élastique du sous-vêtement qu'elle portait. Il plaça la lame près de sa hanche sous un pan du tissu et leva la main. Il ne fallut guère de pression, car Benny, comme tout soldat d'élite qui se respecte, gardait sa lame affûtée. Puis il fit pareil de l'autre côté avant de refermer la lame et de la jeter en direction de la table de chevet. Elle rebondit avec un bruit métallique avant de s'immobiliser contre le mur.

Sachant que rien ne pourrait l'arrêter à présent, Benny se décolla lentement de la culotte de Jess et poussa un soupir appréciatif. Elle n'était pas lisse, mais bien rasée. Elle avait épilé les lèvres de son sexe, mais avait laissé une jolie bande au-dessus. Il y fit courir ses doigts.

— Putain, ma belle, souffla-t-il avant de baisser la tête.

Jessyka s'était inquiétée de savoir ce qu'il allait penser de son apparence, mais elle oublia rapidement tout, y compris son propre nom. Kason avait raison ; les femmes avaient assurément la capacité de jouir plusieurs fois, tant qu'elles étaient avec un homme qui savait y faire.

Et Kason savait y faire, c'était incontestable. Ce n'est que lorsqu'elle le pria de s'arrêter qu'il s'assit et s'essuya la bouche du revers de la main.

— Bon sang, tu as bon goût. Je te jure, Jess, que je pourrais faire ça toute la nuit.

Jessyka lui sourit faiblement. Elle n'avait eu qu'un seul amant avant Kason, et Brian ne lui arrivait pas à la cheville.

— À ton tour, Kason.

— Non, c'est à *notre* tour.

Kason se laissa glisser du lit et se redressa afin de pouvoir retirer son caleçon. Sa verge érigée était dure.

Jessyka se dit que ce devait être douloureux. Il ouvrit le tiroir de la table de chevet et en tira une boîte de préservatifs toute neuve. Il l'ouvrit rapidement et en tira un qu'il enfila. Puis il revint vers le lit et grimpa sur Jess.

— Tu es prête ?

— J'ai l'impression d'avoir été prête pour toi toute ma vie.

Jess vit le visage de Kason s'adoucir devant ses paroles et il se pencha pour l'embrasser. Elle sentit qu'il la pénétrait en même temps. Il y allait doucement, comme s'il comprenait que ça faisait longtemps pour elle. Quand il l'eut entièrement pénétrée, il soupira et se retira juste assez pour voir son visage.

Jess devina la tension sur ses traits. Il se retenait et elle détestait cela.

— Lâche-toi, Kason. Je peux le tolérer. Je ne me briserai pas.

— Ça fait un moment pour toi, ma belle. Je ne veux pas te faire mal.

— Tu ne me feras pas mal, Kason. Seigneur, Kason, tu m'as bien préparée après deux orgasmes. Je suis trempée. Je peux supporter tout ce que tu as à me donner. Vas-y. Prends-moi.

— Tu es à moi, putain.

C'était comme si les paroles de Jess avaient libéré quelque chose à l'intérieur de lui. Il se retira et lui donna un vigoureux coup de reins. Jess sentit ses bourses frapper son corps quand il s'enfonça jusqu'à la garde. Elle enroula ses bras autour de lui et enfonça ses doigts dans ses fesses.

— Oui, Kason. Encore. Recommence.

Il recommença, encore et encore. Kason arqua le dos et ses hanches la pilonnèrent. Jess se souleva et s'accrocha aux muscles de sa poitrine, juste à côté de son mamelon. Elle inspira aussi profondément qu'elle le put, le mordillant du bout des dents tout en le suçotant. Si Kason pouvait imprimer sa marque sur elle, elle était en droit de faire pareil.

Une fois qu'elle lui eut laissé une marque de bonne taille, elle s'écarta et leva les yeux. Kason lui souriait. Manifestement, il l'avait observée pendant qu'elle le marquait.

— Tu es satisfaite ?

— Oh, oui. Tu es à moi.

— À toi, Jess. À toi.

Benny ne s'était jamais senti aussi connecté à une autre personne de toute sa vie. Il avait cru que le lien qu'il entretenait avec l'équipe des Forces Spéciales était puissant, mais ce n'était rien comparé à cela. La regarder marquer sa peau était terriblement sexy. Il aurait voulu se glisser à l'intérieur de Jessyka et ne jamais partir. Il voulait l'imprimer sur sa peau et s'imprimer sur elle en retour. Son cœur s'emballa à cette pensée et il ne parvint pas à se retirer de la tête l'image de son sperme partout sur sa peau.

— J'ai envie de faire quelque chose.

— Oui, tout ce que tu veux.

Benny sourit. Jess ne savait même pas ce qu'il voulait, mais elle avait quand même accepté.

— Je veux te peindre avec mon sperme. Te marquer.

— Oui, Kason. Mille fois oui. C'est super chaud.

— Donne-moi un orgasme de plus, ma belle. Un de plus, et ce sera mon tour.

Benny se redressa et passa la main entre leurs corps afin de frotter le clitoris de Jess. Il continua de lui donner des coups de reins, tout en caressant son renflement nerveux. Il sentit ses muscles internes se contracter et frémir autour de sa verge alors qu'elle touchait au but.

— C'est ça, Jess, c'est ça. Lâche-toi. Donne-moi tout.

Jess renversa la tête en arrière et enfonça ses ongles dans les biceps de Kason.

— Oh, oui. Dieu, c'est bon. Je vais jouir...

Benny devina la seconde où Jessyka lâchait prise quand ses muscles internes se contractèrent avec force alors qu'il continuait à aller et venir dans son fourreau étroit durant tout son orgasme. À l'instant où Jess cessa de trembler, Benny se retira et ôta le préservatif. Il était incapable de contenir son propre orgasme plus longtemps.

— Regarde-moi, Jess. Regarde ce que tu me fais.

Jessyka ouvrit les paupières et baissa les yeux. Elle n'avait jamais rien vu de plus érotique de toute sa vie. Kason était toujours à califourchon sur elle, mais il se caressait la queue de bas en haut, la braquant vers son ventre. Elle tendit les bras vers lui, avide de sentir sa rigidité dans sa main, mais il était trop tard. Il jeta la tête en arrière et jouit. Jess l'observa, fascinée, alors qu'il continuait à éjaculer par secousses. Elle mit la main sur son ventre pour se frotter la peau alors même qu'il se déversait sur elle.

Benny ouvrit enfin les yeux après ce qui lui avait paru l'orgasme le plus intense de sa vie, découvrant alors Jess qui faisait courir ses deux mains sur son ventre poisseux. Quand elle se rendit compte qu'il la regardait, elle descendit plus bas et caressa sa verge qui ramollissait, lui tirant une dernière giclée de fluide.

— Bon sang, c'était super sexy, lui dit-elle sans artifice dans son expression ou le ton de sa voix. J'ai vraiment aimé voir ça, et j'aime te sentir sur moi.

Benny leva une de ses mains jusqu'à son visage.

— Goûte-moi.

Cet ordre lui était sorti automatiquement, mais Jess, comme à son habitude, n'hésita pas. Elle lui attrapa le poignet d'une main et prit son pouce dans sa bouche. Benny pouvait sentir sa propre moiteur sur sa main alors qu'elle lui tenait le poignet. Elle lécha et suça le sperme sur son doigt, puis lui mordilla la chair du pouce avant de le libérer.

Benny se laissa doucement tomber sur elle. Il sentit la moiteur au creux de son corps alors qu'elle faisait passer une jambe au-dessus de sa hanche. Il sentait son sperme entre eux, sur son ventre, alors que la main humide de Jess courait sur son dos et le long de ses fesses.

Il ricana.

— On a besoin d'une douche.

— Je nous aime comme ça. C'est réel. Naturel. Je n'ai jamais fait ça comme ça. Ça a toujours été poli et propre.

— Je ne veux plus jamais entendre comment c'était avant, la mit en garde Benny sans lever la tête.

— Je voulais seulement dire que c'était nouveau pour moi. Ça me plaît. J'aime qu'on soit ensemble. Certaines personnes peuvent trouver ça cracra, mais moi je pense que c'est naturel et vrai. Est-ce qu'on peut rester un peu comme ça ?

— Bien sûr. Mais ne viens pas te plaindre quand tu seras gênée de te sentir toute poisseuse !

Jess éclata de rire.

— D'accord, je ne dirai rien. Je te le promets.

Plus tard dans la soirée, bien plus tard, après une douche au cours de laquelle ils jouirent encore tous les deux, Benny songea à ce qui l'avait amené à ce point-là de sa vie. Il était heureux pour la toute première fois. Sincèrement heureux. Et s'il ne comprenait peut-être pas comment il s'était retrouvé là, il savait qu'il ne voulait pas que ça change un jour.

11

Jessyka se tourna vers Fiona alors qu'elles s'arrêtaient devant la maison de Caroline et de Wolf. Cette situation lui semblait étrange. Même si elle appréciait les autres femmes, une soirée pyjama sortait franchement du cadre de ses habitudes.

— Tu devrais peut-être me ramener à la maison, Fiona.

— Pas question. C'est une tradition. À chaque fois que les mecs sont envoyés en mission, on se retrouve, on boit, on pleure et on s'inquiète pour eux, puis on continue à vivre jusqu'à leur retour. Tu es l'une d'entre nous à présent, alors tu dois être ici avec nous.

Jessyka trouvait encore tellement surréaliste le fait d'être « l'une d'entre elles ». Il n'avait pas fallu long-temps pour que les garçons et leurs femmes comprennent que sa relation avec Kason avait évolué. Les mecs n'avaient eu besoin pour comprendre que de voir le suçon sur la poitrine de Kason la première fois qu'ils s'étaient entraînés. Et la même chose s'était passée pour les filles quand elles avaient vu la marque peu subtile que Kason avait laissée sur son cou.

Jess avait rougi, mais Summer l'avait simplement prise dans ses bras en disant :

— Je te l'avais dit.

Une semaine après que Jess et Kason eurent solidifié leur nouvelle relation, l'équipe avait été appelée en mission. Impossible pour eux de dire où ils allaient ou quand ils rentreraient. C'était ce qu'il y avait de plus difficile dans le fait d'être un soldat d'élite. Ils étaient mandatés à l'improviste et ne pouvaient pas parler de leur destination ou de leur possible date de retour.

Jess avait un peu pleuré, mais Kason l'avait simplement serrée dans ses bras et lui avait dit de lui faire confiance, qu'il savait ce qu'il faisait et son équipe aussi, et qu'ils rentreraient au plus vite.

Aussi se retrouvait-elle parée pour une soirée pyjama, rien que ça ! M. Davis lui avait donné sa soirée et elle était manifestement coincée jusqu'à ce qu'elle puisse s'échapper le lendemain matin.

— Salut, les filles ! Il était temps que vous arriviez !

Caroline se tenait devant la porte d'entrée et les saluait frénétiquement de la main.

— Regardez-moi qui a commencé sans nous, dit Fiona en riant alors qu'elle prenait leurs sacs à l'arrière de la voiture.

Effectivement, elles avaient bel et bien commencé

sans elles. Une fois à l'intérieur, il était évident que Caroline et Alabama avaient déjà un bon coup dans le nez et que Summer et Cheyenne les avaient imitées.

— On est tellement contentes que tu sois ici, Jess ! Sérieusement ! On savait que Kason trouverait bientôt quelqu'un, mais on n'avait aucune idée que ce serait *toi* ! Tu es géniale !

Jess lui répondit d'un sourire.

— Viens ! Tu dois te rattraper ! Essaye ça ! On vient de l'inventer !

Alabama lui tendit un verre rempli de ce qui ressemblait à du lait.

— Je sais que ça a l'air dégoûtant, mais essaye quand même !

Jessyka avala une petite gorgée, redoutant le goût qu'elle aurait, puis elle releva la tête, surprise.

— Ah ! Je t'avais dit que c'était bon ! On dirait le lait qui reste quand tu as fini un bol de céréales à la cannelle, n'est-ce pas ?

— Oh, mon Dieu ! C'est exactement ça ! Qu'est-ce que c'est ?

Jess n'arrivait pas à croire que cette boisson ait aussi bon goût. Elle n'aimait pas particulièrement le goût de l'alcool fort, mais elle ne le sentait pas vraiment là-dedans.

— C'est de la RumChata avec de la vodka et du sirop à la vanille.

— De la Rum... quoi ?

— Ne me pose plus de questions, bois !

Et c'est ce qu'elles firent. Au final, elles continuèrent de faire la fête au sous-sol et étaient étendues respectivement sur le lit, le sol et un fauteuil confortable dans un coin de la pièce.

À présent, tout tournait lentement autour de Jessyka, mais elle avait l'impression de flotter, alors c'était bien.

— Je n'aime pas quand les garçons sont partis, dit Cheyenne durant un silence dans la conversation.

— Nous non plus, mais on est là les unes pour autres, et c'est plus facile à chaque fois, dit Caroline avec assurance.

— Comment cela ? Ils sont loin, à se faire tirer dessus ou encore pire, grommela Cheyenne.

— Ils sont doués pour leur travail. Ils vont rentrer. On est des femmes de soldats d'élite super fortes et on est bien obligées de composer avec, fut la réponse d'Alabama.

Formulant enfin la question qu'elle n'aurait jamais osé poser si elle n'avait pas passé les trois heures précédentes à boire, Jess leur demanda :

— Vous n'êtes pas nerveuses quand ils ne sont pas là ? Je veux dire, vous n'avez pas peur pour vous ?

Sans tourner autour du pot, Fiona la pria de clarifier.

— Tu veux dire que quelqu'un nous kidnappe à nouveau ?

— Eh bien, oui. Ou bien vous fasse du mal, vous cambriole, ou quelque chose comme ça.

— Non, on a Tex, expliqua simplement Fiona.

— Tex... Kason m'a parlé d'un Tex, dit Jess d'un ton absent.

— Tu veux dire qu'il n'a pas encore enregistré son numéro dans ton téléphone ? demanda Summer, éberluée.

— Non, je ne crois pas, répondit honnêtement Jess.

Fiona ne savait pas quoi dire d'autre, alors elle sortit son portable de sa poche et appuya sur quelques touches. Très vite, elles entendirent la sonnerie dans le haut-parleur.

— Salut, Fiona. Que se passe-t-il ?

— Tex !

— Oui, ma belle, tu m'as appelé. De quoi as-tu besoin ?

— Kason n'a pas encore programmé ton numéro dans le téléphone de Jess, dit Fiona, comme si c'était un crime d'État.

— Ah oui, eh bien, il n'a pas non plus installé de traceurs, répondit calmement Tex.

— Tu plaisantes ?

Elles braquèrent toutes les yeux sur Jess. Celle-ci vit que toutes les femmes la regardaient et elle leva les mains au ciel comme pour dire « ne me regardez pas comme ça ».

— C'est complètement inacceptable ! s'exclama Fiona à la cantonade.

Se souvenant que Tex était à l'autre bout du fil, elle se pencha et s'exclama bien trop fort dans le haut-parleur :

— Tex !

— Combien de verres avez-vous bus ce soir ?

— Peu importe. Écoute-moi, Tex. Tu dois installer des bidules sur Jess !

— Je le ferai, une fois que Benny m'aura confirmé qu'il lui en a parlé.

Jess se dit qu'il était temps qu'elle s'interpose et évite une troisième guerre mondiale.

— Je suis au courant pour les traceurs. Kason m'en avait parlé.

Cinq paires d'yeux se dirigèrent vers elle et Jess déglutit bruyamment.

— Et ? s'enquit Cheyenne.

— Et quoi ? tergiversa-t-elle, ne sachant pas exactement ce qu'elle était censée dire.

— Tu vas nous prendre de haut et désapprouver ou quoi ?

Le ton d'Alabama était un peu belliqueux et Jess se retrouva immédiatement sur la défensive.

Oubliant que Tex les écoutait toujours, Jess leur révéla exactement le fond de sa pensée :

— Je ne désapprouve pas. Merde, maintenant que je sais ce que vous avez traversé, je suis ébahie que vous soyez toujours debout et que vous fonctionniez normalement en société. Si j'avais connu ce que vous avez vécu, je serais probablement roulée en boule par terre à pleurer, à gémir et à refuser de revoir qui que ce soit pour le reste de ma vie. Je pense qu'une des raisons pour lesquelles vous êtes tellement super est votre relation avec vos hommes. Alors vous savez quoi, si j'étais vous, j'aurais un GPS implanté directement sous la peau, comme une micropuce pour les chiens. Et de savoir que vous avez un homme qui ferait n'importe quoi pour vous protéger, qui irait jusqu'à vouloir savoir où vous vous trouvez chaque minute de chaque jour juste pour être certain que vous allez bien ? Bon sang, oui, c'est ce que je veux aussi. Mais je ne suis pas vous. On ne m'a jamais kidnappée dans mon lit la nuit. Je n'ai pas été enlevée par des gens effrayants qui veulent me faire des choses terribles. Je suis simplement moi. Et en plus, Kason ne me l'a pas demandé. Il m'a parlé de vous toutes, mais il n'a pas dit qu'il voulait m'équiper d'un traceur. Alors voilà.

C'était une conclusion pitoyable à son discours passionné, mais Jess se calma rapidement après avoir déballé ses pensées. En vérité, elle avait été incapable de penser à autre chose depuis que Kason lui avait révélé que les autres femmes portaient des mouchards. Il n'avait plus jamais abordé le sujet et elle ne savait pas si c'était parce qu'à l'époque, il ne la désirait pas, ou bien parce qu'il pensait qu'elle ne serait pas d'accord.

— Jessyka, remonte et va chercher ton sac à main.

Jess, confuse, regarda le téléphone.

— Hein ?

— Monte à l'étage et va chercher ton sac. Ramène-le au sous-sol. On t'attend, répéta Tex comme s'il s'adressait à un enfant.

— Je vais le chercher ! s'écria Cheyenne en bondissant pour monter les marches à quatre pattes comme si elle avait huit ans et pas trente-deux.

Ils l'entendirent redescendre lourdement les marches moins de quinze secondes plus tard.

— Je l'ai ! cria-t-elle, manquant trébucher et se casser la figure quand elle parvint à la dernière marche.

— Jessyka, ouvre et regarde dans la poche latérale.

La voix de Tex était calme, mais en même temps, il était évident que ce n'était pas une demande, mais un ordre.

Jess lui obéit et en tira un petit carré noir de la taille d'un ongle.

— C'est un traceur ! s'écria Fiona, ravie.

— Mais, Tex, tu avais dit que tu n'avais pas...

— J'ai dit que *je* n'avais pas, oui. Je n'ai pas dit que Benny n'avait pas pris l'initiative de le faire.

La pièce resta silencieuse un instant alors qu'elles digéraient toutes ce qui venait de se passer.

— Kason a mis ça dans mon sac ? murmura Jess en baissant des yeux incrédules vers le petit objet noir innocent qu'elle tenait à la main. Mais j'ai cru qu'il ne voulait pas...

— Si, il en avait envie, l'interrompit Tex avant qu'elle ne puisse poursuivre. Il m'a appelé il y a environ une semaine et il voulait que je traque tes mouvements comme je le fais pour les autres. J'ai refusé.

— Tex ! le gronda Summer. C'est méchant !

— Laisse-moi finir, ma belle. J'ai refusé parce que je n'avais pas encore reçu ta permission. Je refuse de surveiller la moindre d'entre vous sans votre accord. Benny avait l'intention de t'en parler, mais il a été appelé en mission. Il paniquait parce qu'il n'avait pas été en mesure de te parler et qu'il ne voulait pas précipiter les choses, mais il ne souhaitait pas non plus partir en mission tout en te sachant vulnérable. J'ai accepté de mettre un moniteur dans ton sac. J'ai tous les autres à programmer pour quand il rentrera à la maison.

— Pourquoi est-ce qu'il a paniqué ? demanda Jess, d'une voix légèrement pâteuse. Elle était manifestement plus saoule qu'elle ne l'avait cru.

— Parce qu'à chaque fois qu'ils partent en mission, il semble qu'une de vous se retrouve dans le pétrin. Alors pour éviter que ça t'arrive à toi cette fois, Jess, il a voulu te mettre sous moniteur avant son départ. Vous n'allez pas chercher de problèmes, cette fois ? Je jure devant Dieu qu'à chaque fois qu'ils partent, je reste collé à ma chaise pour m'assurer qu'il ne vous arrive rien.

— Il ne nous arrive jamais rien ! le rabroua Caroline, d'une voix autoritaire.

Bien entendu, cela aurait été un peu plus crédible si elle n'avait pas eu un hoquet en plein milieu.

— Mouais. Bon, si vous restiez dans ce sous-sol jusqu'à ce qu'ils rentrent – Dieu seul sait quand –, je serais peut-être plus enclin à le croire.

— Tex ! Ce n'est pas notre faute. C'est la faute des autres connards ! s'exclama Fiona.

Tex soupira.

— D'accord, Fi, tu as raison. Jess ?

— Oui ?

— Remets le truc noir dans la poche latérale de ton sac et referme le zip. Assure-toi d'avoir toujours ton sac sur toi quand tu sors... C'est compris ?

Jess fit ce que Tex lui avait demandé, ressentant une chaleur dans son corps. Kason avait voulu s'assurer qu'elle soit en sécurité. Cela aurait dû lui sembler glauque, mais non, c'était juste bon de savoir qu'il se préoccupait d'elle à ce point.

— Maintenant, sors ton téléphone. C'est la raison pour laquelle vous m'aviez appelé.

Il attendit que Jessyka lui confirme qu'elle l'avait fait.

— Va dans ton répertoire et cherche mon nom.

Jess fit défiler les noms et poussa un juron lorsqu'en allant trop vite, elle tomba accidentellement sur un autre contact.

— Satané téléphone !

Enfin, elle parvint au « T » et tourna son portable dans l'autre sens comme si les filles pouvaient le lire de l'endroit où elles se trouvaient, puis elle le secoua d'un geste ivre.

— Hé ! Regardez ! Tex est déjà dans mon répertoire !

Elles entendirent l'intéressé soupirer dans le haut-parleur.

— Oui, Benny l'a enregistré. Maintenant tu sais tout. Appelle-moi si tu as besoin de quoi que ce soit, d'accord ?

— Oui, répondit Jess d'un ton distrait et en pensant que Kason avait dû prendre son téléphone et y programmer le numéro de Tex sans qu'elle s'en rende compte.

— Summer ! aboya Tex sans crier gare.

— Oui ? répondit immédiatement cette dernière.

— C'est quoi mon numéro ? demanda-t-il.

Summer lui récita immédiatement les dix chiffres.

— Fiona, à ton tour.

À son tour, Fiona lui dit docilement ce qu'il voulait savoir, sans avoir besoin de chercher dans son répertoire.

Tex fit pareil avec Caroline, Cheyenne puis Alabama. Les trois femmes n'hésitèrent pas et lui répétèrent son numéro.

— Mémorise mes coordonnées, Jess, dit-il sérieusement. C'est important. Aujourd'hui, les gens ne prennent plus la peine d'apprendre les numéros des autres. Que ferais-tu si tu n'avais pas ton téléphone et que tu avais besoin d'appeler quelqu'un ? Tu serais dans la mouise, voilà. Je vais t'appeler demain soir et tu ferais mieux de le savoir. Je suis sérieux, Jess.

— Il *est* sérieux, souffla Cheyenne dans un murmure qui avait le volume sonore d'un cri. Il m'a fait pareil et quand je ne suis pas arrivée à lui répondre immédiatement, il m'a caftée à Dude. Et même si j'aime ce que me fait mon homme, je n'aime pas particulièrement les fessées comme punitions. Je les préfère du genre érotiques.

Jess la dévisagea, incrédule, mais Cheyenne pouffa.

— Vous n'aviez pas besoin de le savoir ?

— Seigneur. Bon... Je raccroche. Vous feriez mieux de ne pas sortir ce soir ; vous êtes bien trop pompettes.

— Ne t'inquiète pas, Tex, on reste à la maison, le rassura Caroline. Merci de nous avoir parlé. Bisous !

Les autres femmes se joignirent à elle pour lui envoyer des bisous jusqu'à ce qu'il finisse par raccrocher en riant.

— Il va vraiment m'appeler demain ? demanda Jess, incrédule.

— Oui ! répondirent les cinq femmes à la fois.

— Tu ferais mieux de t'entraîner tout de suite pour que tu l'intègres ! lui conseilla sincèrement Cheyenne.

Elles passèrent les deux heures suivantes à rire et à pouffer. Jess avait appris le numéro de Tex à l'endroit et à l'envers. Elles étaient toutes d'accord que son idée de le lui réciter dans les deux sens le lendemain soir était géniale.

Enfin, elles se calmèrent. Jess trouva que la soirée avait été super.

— Merci de m'avoir invitée, les filles.

— Merci d'être venue. On sait que parfois, on dépasse les bornes, mais on aime tellement nos hommes et on a vraiment de la chance qu'ils aient tous trouvé des femmes super cool. Vous vous imaginez si l'une d'entre nous était coincée ou bien une garce ?

Elles rirent toutes de sa formulation, sachant que cela aurait été terrible si l'une d'elles avait été une chipie.

Alors qu'elles commençaient toutes à s'endormir, Fiona dit dans l'obscurité de la pièce :

— Ce n'est pas drôle d'être kidnappée sans que personne ne sache où vous êtes. Tu as touché juste, ce soir, Jess. Savoir qu'on a un homme qui ferait n'importe quoi pour nous protéger, qui irait jusqu'à s'assurer que tout le monde sache où l'on se trouve chaque minute de chaque jour juste pour être certain qu'on est en sécurité ? C'est un rêve devenu réalité et probablement une des raisons pour laquelle on n'est pas roulées en boule par terre, comme tu l'as exprimé si élégamment. Je suis sûre que d'autres personnes trouveraient ça glauque et ne chercheraient même pas à comprendre, mais on est toutes d'accord que ça nous donne l'impression d'être en sécurité et pas fliquées.

Jessyka était fascinée que Fiona se souvienne aussi précisément de ce qu'elle avait dit plus tôt dans la soirée. Son estime d'elle, déjà élevée, augmenta encore d'un cran.

Elles ne dirent plus rien et une par une, elles s'endormirent toutes dans la certitude que même si leurs hommes n'étaient pas dans le même créneau horaire ou ne serait-ce que dans le pays, elles étaient protégées par leur ange gardien personnel appelé Tex.

12

Les six soldats d'élite poussèrent un soupir de soulagement quand leur avion atterrit. Ils avaient réussi à terminer une mission sans que Tex ne les contacte pour leur dire qu'une de leurs femmes avait été enlevée, perdue, torturée ou blessée d'une quelconque façon.

Manifestement, les choses se calmaient pour le groupe et les hommes en étaient reconnaissants. Leurs femmes avaient déjà suffisamment traversé d'épreuves dans leurs vies. Il était temps qu'elles puissent simplement se poser et connaître une existence « normale ».

— Jess a découvert ce que vous avez tous fait à Brian, expliqua Benny à Wolf alors qu'ils étaient prêts à débarquer.

— Ah oui ?

— Oui.

— Et alors ?

— Elle s'est plus inquiétée pour vous que pour lui.

— Tu vas la garder ?

La question n'était pas complètement inattendue et Benny répondit en toute sincérité :

— Absolument.

— C'est bien. Ice l'aime bien.

— Vous pensez qu'elles nous ont inventé quoi pendant qu'on n'était pas là ?

— Je n'en sais rien, mais ça ne doit pas être si horrible puisque Tex ne nous a pas fait revenir.

Benny et Wolf éclatèrent de rire ensemble. Même si Wolf aimait se plaindre du pétrin dans lequel se fourraient les femmes de temps en temps, ils savaient tous les deux qu'il ne voudrait rien y changer.

— On se retrouve au *Aces* demain soir ? demanda Wolf assez fort pour que tout le monde puisse l'entendre.

Avant que les autres aient l'occasion de répondre, Benny s'enquit :

— Est-ce que je peux vérifier l'emploi du temps de Jess ? J'aimerais qu'elle soit présente avec nous et pas simplement comme serveuse.

— Oui, bien sûr. Désolé, j'aurais dû y penser, s'excusa Wolf.

— Ce n'est pas grave. Je vous le dirai demain matin. On sortira la première fois qu'elle sera libre, si c'est bon, dit Benny à ses amis.

Le tarmac était déserté quand ils descendirent de l'avion. Personne n'avait su quand ils allaient rentrer, alors aucun des soldats ne s'attendait à un comité d'accueil.

Les hommes se dirigèrent d'un pas rapide vers le petit bâtiment, impatients d'expédier le débriefing afin d'aller retrouver leurs femmes qui seraient surprises et heureuses de les savoir rentrés en un seul morceau.

Jess pensa qu'elle avait entendu quelque chose et elle s'assit sur le lit, tentant de pénétrer du regard l'obscurité de la pièce. Avant qu'elle ne puisse bouger ou trouver un plan d'action, elle aperçut une ombre dans l'encadrement de la porte. Jess se jeta sur le côté du lit le plus éloigné de la porte et atterrit brutalement sur les mains et les genoux. Le drap s'enroula autour de son corps et elle tenta de se libérer avant que la personne qui se trouve dans sa chambre ne puisse l'atteindre.

— Seigneur, Jess ! C'est moi.

Jessyka se glaça pendant une seconde, puis tous les muscles de son corps se détendirent. Elle reconnut la voix.

— Kason ?

Puis il était là. Il la fit se redresser, toujours entremêlée dans le drap, et s'assit sur le côté du lit en la tenant dans ses bras.

— Merde, je suis désolé, ma belle. Oui, c'est moi. On est rentrés.

Jess serra Kason aussi fort qu'elle le put en enfouissant son visage contre son cou. Son cœur battait toujours à un million à l'heure. Soudain, elle se pencha en arrière et lui donna une claque sur le bras.

— Tu as failli me faire mourir de peur !

Benny éclata brièvement de rire puis redevint sérieux.

— Je suis désolé, Jess. Honnêtement. Je n'ai pas l'habitude que quelqu'un m'attende dans mon lit.

— Tu aurais dû m'envoyer un texto pour me dire que tu rentrais.

— Tu as raison. J'aurais dû le faire et ça ne se reproduira plus, admit immédiatement Benny d'un ton contrit.

Il enfonça le visage contre son cou et inspira son parfum unique.

— Putain, comme c'est bon d'être rentré ! C'est encore mieux de revenir à la maison et de te voir dans mon lit.

Benny détendit ses muscles et s'allongea sur le lit en attirant Jess à lui dans le mouvement. Elle s'assit à califourchon sur sa taille alors qu'elle baissait les yeux vers lui.

— Je ne peux pas te voir dans le noir. Tu vas bien ? Pas de blessures ? Tout le monde va bien aussi ?

— Pas de blessures, ma belle. On va tous bien. C'était une simple intervention cette fois.

— Dieu merci. Je m'inquiétais pour toi.

— C'était réciproque.

Benny s'interrompit sans savoir s'il devait vraiment lui livrer le fond de sa pensée, puis il décida que c'était acceptable.

— C'est bon de savoir que la personne pour qui je m'inquiète s'inquiète elle aussi pour moi.

— Ouais.

Ils restèrent allongés sur le lit pendant un moment puis Benny s'assit, prenant Jess avec lui.

— Bon, laisse-moi me relever et me retirer ces vêtements, puis tu pourras m'accueillir à la maison comme il se doit... C'est mieux que de ramper par terre à essayer de te dissimuler.

— Méchant, va ! dit Jessyka en riant. Je n'aurais pas rampé par terre si tu m'avais dit que tu rentrais !

— Oui, et bien donne-moi une seconde et je vais tenter de m'excuser.

Jess descendit de ses genoux et sentit Kason se redresser.

— Alors, dépêche-toi, j'ai envie que tu te fasses pardonner.

Elle l'entendit rire puis elle remonta sur le lit afin d'être prête pour lui.

Elle retira le t-shirt dans lequel elle dormait et attendit. Le matelas se creusa et soudain, Kason était là.

Jess poussa un soupir de soulagement. Elle n'avait pas menti. Elle s'était inquiétée pour lui et le tenir dans ses bras était la meilleure sensation du monde. Comme de se retrouver à nouveau dans les siens. Elle ne savait pas comment elle avait pu croire pendant une seconde que ce qu'elle avait eu avec Brian avait été de l'amour. Ce qu'elle ressentait pour Kason était bien plus immense. Elle avait l'impression d'être la femme la plus chanceuse de la Terre.

* * *

— Hey !

— Salut, Jess !

— Yo !

Jessyka sourit aux salutations des filles. La plupart des soldats se contentèrent de lui adresser un mouvement du menton viril, mais c'était bien aussi.

— Salut, tout le monde ! C'est super de vous voir !

Jessyka fit le tour et s'assit à table. Tous les garçons étaient déjà là avec leurs compagnes. C'était un groupe animé et Jess était heureuse d'en faire partie. Elle se tourna et sourit à Kason qui avait pris place à côté d'elle après l'avoir aidée à s'installer.

— Merci d'avoir repoussé ça jusqu'à ce soir. Je n'ai pas réussi à avoir de congé avant.

— Merci d'avoir accepté de venir. On sait déjà que tu travailles dans ce bar presque toutes les nuits. Je suis certaine que ce doit être un peu chiant de venir ici pour ton soir de libre, lui dit Alabama en souriant.

— Ce n'est pas grave. Cet endroit me plaît.

— Salut, Jess, je peux prendre votre commande ?

Jessyka leva les yeux et vit Ella, une des serveuses, qui se tenait près de la table.

— Oui, je peux avoir un *amaretto sour* ?

— Bien sûr ! Et une pression ? demanda Ella en regardant Kason.

— Parfait, répondit ce dernier.

Jess posa la main sur la jambe de Kason. Elle l'aimait. Elle ne le lui avait pas encore exprimé, mais elle se disait que c'était probablement évident. Ils n'étaient pas sortis de la chambre pendant au moins une journée après son retour. Ils s'étaient aventurés dans la cuisine afin de manger un morceau, mais Kason l'avait ramenée dans son lit dès qu'ils eurent terminé.

Entre deux étreintes, Kason lui avait parlé de son travail, de ses amis et de son enfance. Il avait répété qu'il souhaitait s'acheter une parcelle de terrain quand il prendrait sa retraite, et profiter de la vie loin des gens et de leurs histoires.

Jess avait même abordé le sujet de Tex et du GPS.

« Les filles ont appelé Tex pendant que j'étais chez elles et ont mentionné les traceurs », avait-elle dit d'un ton prudent.

Elle ne voulait pas trop s'avancer.

Kason n'avait eu aucun mouvement de recul. Il avait continué de faire courir sa main sur son dos alors qu'allongés, ils récupéraient ensemble de leurs orgasmes intenses.

« Ah oui ? »

Puisque Kason ne semblait pas perturbé, Jessyka avait poursuivi :

« Il m'a parlé de celui que tu as mis dans mon sac. »

« Oui. Je n'ai pas eu le temps d'en faire plus avant de partir. J'avais l'intention de t'en parler dès mon retour... mais j'ai été distrait », lui avait-il répondu en souriant.

Jess s'était mordu la lèvre. Elle refusait de lui poser la question. S'il voulait qu'elle soit en sécurité, comme les autres femmes, c'était à lui de le lui demander.

« Hé... »

Kason avait perçu son malaise. Il l'avait retournée sur le dos et s'était installé au-dessus d'elle.

« Ça te contrarie ? »

Jess avait secoué la tête et levé les yeux vers lui.

« D'accord. Je pense que c'est le bon moment pour en parler. »

Kason avait pris ses deux mains dans les siennes et les avait plaquées au-dessus de sa tête. Puis il avait abaissé son poids sur ses hanches afin qu'elle reste immobile.

« Tu signifies plus pour moi que n'importe qui d'autre. S'il t'arrivait quelque chose, je ne sais pas ce que je ferais. J'ai vu assez de choses mauvaises dans ma vie pour être terrifié à l'idée que tu disparaisses sans que je sois capable de te retrouver. Je veux que Tex puisse te localiser en un seul clic si besoin est. Dis-moi que tu es d'accord. »

Jess avait songé à le faire mariner, mais au fond, elle en avait envie aussi.

« Je suis d'accord. »

« Dieu merci. »

Le sexe qui avait suivi avait été génial, probablement plus que toutes les autres fois... et c'était beaucoup dire. C'était une évidence pour Jess qu'ils avaient des sentiments profonds l'un pour l'autre. Pour le moment, elle acceptait que les mots ne soient pas prononcés, mais elle savait qu'elle ne serait pas capable de les retenir pendant très longtemps.

La conversation autour de la table du bar était enjouée. Les garçons aimaient se taquiner à propos de tout et de rien. C'était un côté d'eux surprenant ; elle n'avait vu que leur convivialité et leur politesse à son égard en tant que serveuse, ainsi que leur sollicitude pour les femmes avec lesquelles ils étaient assis.

Ils abordèrent le sujet du surnom de Benny et Jess tendit l'oreille, impatiente d'apprendre comment il l'avait reçu. Les autres filles lui avaient fait part du surnom de leurs hommes, mais elles avaient toutes admis qu'elles ne connaissaient absolument pas l'origine de celui de Benny.

— Alors, on a pensé, Benny, que puisque tu t'es déniché une gonzesse, il était peut-être temps de changer de surnom, lui dit Wolf d'un ton détaché en faisant machinalement courir ses doigts sur les épaules de Caroline.

— Oui, j'en ai bien un à l'esprit. Pourquoi pas

Chef ? Ou bien Passe-partout, puisque tu sais crocheter les serrures plus rapidement que nous ? demanda Cookie à Benny en avalant une longue gorgée de bière.

— Oui, ce serait bien, répondit Benny avec enthousiasme.

— Ou bien Tombeur... ou alors Tortue, puisque tu es le dernier à t'être dégotté une nana ? le taquina Abe.

— Non, j'ai trouvé ! Paresseux ! fit écho Mozart en riant.

Benny commença à comprendre que les garçons se foutaient de lui... encore une fois.

— Comme vous voulez, bande de cons, marmonna-t-il.

Ils éclatèrent tous de rire.

— Accepte-le ; « Benny » te poursuivra toute ta vie, dit Dude gentiment.

— Mais comment a-t-il eu ce surnom ? osa demander Cheyenne.

— On ne va absolument *pas* parler de cette histoire ! ordonna Benny à ses amis.

Wolf se contenta de sourire.

— Eh bien, un soir, alors qu'on était dans un bouge minable dans un petit pays d'Afrique...

Sa voix mourut et son visage braqué vers l'entrée du bar prit un air dur et colérique.

Comme dans un film des Monty Python, ils tournèrent tous la tête pour voir qui Wolf fusillait du regard. Brian venait d'entrer dans le *Aces*, accompagné d'un groupe d'hommes.

Sans les reconnaître, Jess frissonna. Elle détestait le fait que Brian continue de fréquenter l'établissement.

— Qu'est-ce qu'il fait là, putain ? demanda Dude avec colère, exprimant ce qu'ils pensaient tous.

— Il vient ici tout le temps, dit doucement Jess à ses amis.

Tout le monde tourna brusquement la tête pour la regarder.

— Vraiment ? s'enquit Fiona. Mais ce n'est pas... bizarre ?

— Oui, c'est super bizarre ! s'exclama Benny. Pourquoi ne m'en as-tu jamais parlé ? demanda-t-il à Jess.

— Il n'a rien fait. Il vient simplement avec ses amis et boit quelques verres. J'ai toujours évité d'avoir à les servir et il n'a causé aucun problème. Il ne cherche même pas à m'adresser la parole.

— Ça ne me plaît pas, dit Benny d'une voix frustrée. Je ne lui fais pas confiance.

— Moi non plus, dit Wolf. Il est peut-être temps d'avoir à nouveau une petite discussion.

— Oh, non ! dit Jess en se penchant en avant, délogeant la main de Benny de son dos.

Puis elle ajouta rapidement pour essayer de désamorcer une confrontation :

— Ça va. C'est OK. Sérieusement, je te le dirais s'il faisait quelque chose, mais il se tient à carreau. Il m'a évitée. Je le jure !

Jess croisa le regard de chaque homme autour de la table. Elle voyait bien qu'ils étaient tous contrariés.

— S'il t'adresse un seul mot, Jess, on devra réitérer « notre petite discussion ». S'il fait quoi que ce soit, parles-en à Benny.

— Compte sur moi ; je le jure.

Jess coula un regard à Kason. Il gardait les dents serrées et un muscle se contractait dans sa mâchoire. Elle se tourna vers lui et lui prit la joue en coupe.

— Promis, Kason. Il ne m'a pas vraiment regardée depuis la dernière fois.

Benny lui retira la main de son visage et lui déposa un baiser sur la paume avant de la replacer sur sa cuisse et de l'y maintenir. De l'autre main, il lui empoigna le côté de son cou et l'attira pour un baiser long, lent et particulièrement osé en public. Quand il se recula à nouveau, son pouce frotta contre sa joue.

— S'il ne fait ne serait-ce que te regarder de travers, je veux le savoir.

Il vit Jess hocher la tête.

— D'accord.

Benny se tourna vers la table où Brian était assis et le regarda brièvement dans les yeux en le fusillant du regard, avant que celui-ci ne se retourne vers ses amis.

Après l'arrivée de Brian, la conversation se trouva un peu guindée. Jess soupira.

— Ça craint. Je suis désolée, les gars.

— Ce n'est pas ta faute, Jess, répondit Dude avant que les autres puissent le faire.

— Je me sens quand même coupable. Je devrais peut-être m'en aller, pour que vous puissiez…

— Arrête, Jess, dit Abe. Tu n'es pas en tort et on ne va pas partir.

— Mais...

— Non.

La voix d'Abe était dure et Jess savait qu'elle ferait mieux de se taire.

Caroline rompit le silence tendu du groupe :

— Alors, Jess, est-ce que Tex t'avait appelée après notre soirée pyjama ?

Jess sourit à son amie, reconnaissante de ce changement de sujet.

— Oui, il a appelé et m'a crié dessus quand je lui ai récité le numéro qu'il pensait être incorrect. Quand il a compris que je le lui récitais simplement en commençant par la fin, il en est resté bouche bée.

— *Tex* était bouche bée ? Je n'y crois pas ! s'exclama Alabama, amusée.

— Oui, il m'a fait la leçon pendant bien dix minutes en me serinant que je devrais moins prendre les choses à la légère. Ce n'est que lorsque je me suis excusée pour la vingtième fois qu'il m'a enfin lâché du lest.

Toutes les filles éclatèrent de rire.

Décidée à aborder le sujet des traceurs avant que les autres femmes ne puissent le faire et l'embarrasser à propos de ce qu'elle avait dit durant leur soirée, Jess commenta :

— Oh, et Kason a parlé à Tex et il nous a envoyé les puces.

— Il était temps, Benny, lui dit Dude à voix basse.

— Ouais, mais entre trouver le temps d'informer Jess que sa place était dans mon lit et la mission, je n'ai pas eu le temps.

Les gars éclatèrent de rire tandis que Jess devenait écarlate.

— C'est bien que tu le fasses. Jess, qu'est-ce que tu portes ce soir ? demanda Dude, curieux de savoir quels traceurs elle avait sur elle.

Jessyka n'arrivait pas à croire qu'ils en parlent comme si de rien n'était. Mais comme c'était elle qui avait abordé le sujet, elle lui répondit en touchant le petit bijou doré à son oreille gauche :

— Voilà l'un d'entre eux. J'en ai également un dans mon sac, et Kason a fait un trou dans ma chaussure hier soir pour en mettre un là aussi.

— Ne sois pas gênée, Jess, lui dit Cheyenne. Faulkner en a planqué un dans mon soutien-gorge !

Ils éclatèrent tous de rire.

— Bonne idée, Dude ! s'exclama Mozart avant de regarder Summer et de dire : Je contacterai Tex dans la matinée pour qu'il m'en envoie d'autres.

— Oui, moi aussi. C'est super bien pensé, s'enthousiasma Benny.

— Vous êtes tous fous, dit Jess sans le penser.

— Fous de nos femmes, lui dit Wolf sérieusement.

Puis, posant les coudes sur la table, il se pencha, et Jess ne parvint pas à détourner la tête de son regard perçant. Elle sentit la main de Kason à l'arrière de son cou, la tenant avec affection, mais son attention était entièrement dirigée sur l'homme assis face à elle.

— Je suis certain que tu as eu cette conversation avec les filles et avec Benny, mais laisse-moi te répéter quelque chose : on ne prend pas ça à la légère.

Il désigna les autres soldats installés à la table.

— Le mal existe sur cette Terre et on fera notre possible pour éviter que cela touche la moindre d'entre vous. Mais si ça arrive, ces petits appareils discrets nous donneront un coup de pouce pour vous retrouver et empêcher ce mal de vous affecter. Tu comprends ?

— J'ai compris, Wolf, murmura Jess en hochant la tête.

Elle trouvait plus facile d'appeler les gars par leurs surnoms – à part pour Kason, bien sûr –, parce qu'ils les utilisaient entre eux et qu'elle avait appris leurs noms comme ça.

Elle poursuivit à voix basse afin que personne d'autre dans le bar n'entende ce qu'ils se disaient. Elle savait qu'on n'aurait pas compris.

— Et juste pour être claire, je suis absolument d'accord. Sans quoi je n'aurais pas accepté. Et si jamais je me retrouve dans une mauvaise situation, je serais rassurée que vous soyez prêts à venir me chercher.

— C'est bien vrai, dit Cookie avec énergie en attirant Fiona contre lui pour lui déposer un baiser sur le sommet du crâne.

— Bon, on va arrêter d'être aussi sérieux, dit

Summer avec un sourire. Quand est-ce qu'on se revoit toutes pour aller faire les magasins ?

— Toi et ton shopping ! rit Caroline.

Le reste de la soirée se passa dans la joie et la gaieté. L'unique moment embarrassant fut lorsque Brian et ses amis se levèrent pour partir. Cela dit, ils ne regardèrent pas une seule fois vers leur table et firent comme s'ils n'avaient même pas remarqué leur présence.

Jess poussa un soupir de soulagement, rassurée que la rencontre avec son ex ne se soit pas terminée en drame. Elle avait connu assez d'histoires pour lui durer une vie entière.

Enfin, Wolf se redressa et attira Caroline contre lui.

— Bon, les gars, Ice et moi allons rentrer. On n'a pas d'épreuves sportives demain matin, alors on se revoit tous au bureau.

— Quand est-ce qu'on se fait une autre soirée entre filles ? demanda Alabama avant qu'il n'entraîne Caroline loin d'elles.

Ils avaient tous très bien compris pourquoi le couple partait déjà et ils savaient tous qu'ils allaient les imiter dans peu de temps.

— Pourquoi pas le week-end prochain ? lança Jess, qui avait sa fin de semaine de libre.

— C'est bien. On se retrouve ici à huit heures ? confirma Fiona.

Huit heures semblaient un peu tôt pour sortir, mais elles voulaient toutes s'assurer de rentrer à une heure raisonnable. En effet, leurs hommes, séduits par l'effet que leur virée entre filles leur faisait toujours, ne manquaient jamais de prolonger la soirée jusqu'à très tard dans la nuit.

— C'est parfait ! C'est à qui de nous chaperonner ? s'enquit Cheyenne.

Les garçons avaient décidé qu'après que Cheyenne, Summer et Alabama eurent été enlevées sous leur nez durant une sortie, l'un d'entre eux devrait les surveiller et veiller à leur sécurité à chaque fois qu'elles se feraient une soirée.

— On n'a pas encore vu, mais il y aura au moins deux d'entre nous présents, dit Cookie d'un ton résolu.

— Alors c'est d'accord ! répondit volontiers Caroline. On se retrouve ce week-end !

Après le départ de Caroline et de Wolf, les autres couples les suivirent rapidement. Ils terminèrent leurs boissons et les garçons réglèrent l'addition.

Jess sortit du bar dans l'étreinte rassurante de Benny. Elle leva les yeux vers lui.

— Je ne sais toujours pas pourquoi on t'appelle Benny.

— Et je vais faire en sorte que tu ne l'apprennes jamais, dit celui-ci en lui embrassant le sommet du crâne alors qu'ils se dirigeaient vers sa voiture.

— Tu veux que je t'appelle Chef, Tombeur ou Tortue ?

Jessyka était consciente qu'elle jouait avec le feu, mais c'était vraiment amusant.

— Je ne te le conseille pas, non, lui grogna Kason.

Jess éclata de rire.

Sur le chemin du retour, elle posa à Kason une question qui la taraudait depuis un moment... depuis qu'elle avait eu vent de l'existence des traceurs.

— Ça ne te dérange pas que Tex sache tout le temps où nous sommes et pas vous ?

— Non, répondit-il d'un ton résolu.

— Pourquoi ?

Kason la regarda alors qu'ils s'arrêtaient à un feu rouge.

— Ça ne me dérange pas du tout parce que je sais que c'est pour ton bien. Peu m'importe qu'il soit au courant que tu es à la salle de bains, au travail, chez Caroline ou bien en train de faire des courses. Ça me rassure, comme tous les garçons, d'être certain que si le pire arrive et que tu disparais, on pourra te retrouver en passant un coup de téléphone rapide à Tex. Cela vaut la peine qu'il connaisse tes déplacements 24h/24. Il n'existe personne de mieux qualifié que Tex pour nous protéger.

— D'accord.

— D'autres questions, ma belle ?

— Non.

— C'est bien. Parce que dans dix minutes, si je me débrouille bien, tu ne seras plus capable de te souvenir de ton propre nom, et encore moins de penser à une satanée puce.

Jess sourit à Kason et fit courir ses mains sur sa

poitrine jusqu'à ce qu'elle parvienne au bouton du haut de sa chemise. Elle joua avec, en traçant les contours du bout de l'index. Puis, voyant que les yeux de Kason se braquaient sur son doigt, elle le taquina :

— Le feu est vert, Chef.

Kason regarda à nouveau la route et appuya sur l'accélérateur.

— Neuf minutes, ma belle.

Jess sourit encore et lui dit :

— J'ai hâte.

13

_____

Benny se pencha et embrassa Jessyka comme si c'était la dernière fois. Puis il s'écarta légèrement, riant de son expression extatique.

— Tu vas descendre ou bien tu vas rester plantée là toute la nuit ?

Jess ouvrit les paupières et regarda Kason. Elle adorait qu'il l'embrasse comme s'il n'allait jamais se lasser d'elle.

— Je peux peut-être m'attarder un peu pour que tu puisses me donner un autre baiser.

— Même si c'est tentant, lui répondit Benny en souriant, tu dois y aller et passer un bon moment avec les filles. J'ai hâte de te ramener à la maison ce soir pour te montrer ce que Dude m'a prêté.

Connaissant leur ami – puisque Cheyenne ne pouvait jamais s'empêcher de leur faire part du plaisir que lui donnait son homme et de son côté dominateur au plumard –, Jess se sentit mouiller.

— Tu te moques de moi ? Kason, c'est méchant.

Benny la plaqua à nouveau contre lui, mais cette fois, il lui murmura à l'oreille :

— Je sais que Cheyenne et toi en avez discuté, alors tu vois de quoi je parle. J'ai une paire de menottes fixée à la tête du lit qui n'attend que toi. J'ai hâte que tu rentres pour t'attacher et te faire tourner la tête, encore et encore, jusqu'à ce que tu me supplies de te combler.

Jessyka frissonna entre ses bras.

— Seigneur, Kason, souffla-t-elle. Tu veux me tuer ?

— Non, Jess. J'essaye de m'assurer que tu ne m'oublies pas pendant que tu passes un bon moment avec les filles. J'essaye de te rendre aussi folle de moi que je le suis de toi.

— Je ne pourrais jamais t'oublier et je crois que tu as réussi à me rendre folle !

— T'ai-je déjà dit à quel point tu étais belle ?

Jess hocha simplement la tête.

Oui, il le lui avait bien fait comprendre. Il lui avait coulé un regard tout à l'heure dans son jean moulant et son débardeur à fines bretelles et il avait décrété qu'ils allaient être en retard. Puis il l'avait entraînée jusque dans leur chambre afin de lui montrer exactement à quel point il la trouvait attirante. Elle avait à présent vingt minutes de retard et aurait voulu retourner immédiatement à leur appar-

tement afin de tester les menottes qu'il avait emprun-
tées à Dude.

— Crois-moi, tu l'es. Chaque fois que je crois
t'avoir vue au mieux de ta beauté, tu réussis à me
surprendre.

Benny lui donna un dernier baiser rapide et
appuyé puis la replaça sur son siège.

— Vas-y, ma belle. Appelle-moi quand tu voudras
que je vienne te chercher. On se retrouve tout à l'heure.

— D'accord.

Jess sortit de la voiture et se retourna à la dernière
minute. Elle vit Kason baisser la vitre.

— Tout va bien ? demanda-t-il.

Jess hocha la tête et inspira profondément. Cela
faisait trop longtemps qu'elle se retenait. S'il avait
envie de l'allumer puis de la laisser en plan, elle aussi
avait le droit de le faire mijoter.

— Je voulais simplement te dire que je t'aime,
Kason Sawyer. Je ne pourrais jamais t'oublier. Je pense
à toi chaque minute de chaque jour et je remercie Dieu
que tu sois venu voir comment j'allais ce jour-là au bar.
Tu es bien plus qu'un ami. Tu es tout pour moi. On se
parle plus tard.

Jess s'éloigna à reculons de la voiture, remarquant
que Kason serrait les dents et refermait les doigts
autour du volant.

— Je vais te le faire payer tout à l'heure, lui lança-t-
il avec un sourire alors qu'il la regardait se diriger vers
l'entrée de l'établissement.

— J'y compte bien, Chef! lui répondit Jess, le visage radieux.

Elle se sentait bien. Elle avait enfin dit à Kason ce qu'elle avait sur le cœur et cela ne l'avait pas rebuté.

Elle entendit son véhicule quitter le parking alors qu'elle ouvrait la porte du *Aces*. Jess regarda rapidement autour d'elle et poussa un soupir de soulagement quand elle ne vit pas Brian. Il venait de plus en plus souvent au bar, et cela l'irritait vraiment.

Il ne lui avait jamais adressé la parole, mais elle savait qu'il avait une idée derrière la tête. Les soldats avaient raison d'être contrariés qu'il traîne dans les parages, mais elle ne voulait pas faire de vagues en les laissant lui donner une deuxième leçon. Elle fut reconnaissante de repérer Cookie et Dude installés au bar. C'étaient manifestement eux qui avaient eu la chance de gagner à la courte paille et leur présence la rassurait. Caroline et les autres lui avaient confié un petit secret. Décider qui serait de garde pour surveiller leurs sorties faisait toujours grommeler les garçons, mais Caroline savait qu'à chaque fois, ils se disputaient cet honneur. Plus tôt dans la journée, elle l'avait appelée en riant parce que Kason avait été déçu de ne pas avoir été choisi pour cette fois. Il avait même essayé de soudoyer Cookie et Dude pour qu'ils changent de place avec lui et le laissent rester au bar.

Caroline avait entendu Kason dire que puisque c'était leur première soirée depuis que Jess et lui étaient ensemble, c'était à lui de faire office de baby-sitter. Mais les autres mecs lui avaient ri au nez.

Jess alla rejoindre les femmes assises à la table ronde située dans le coin. Elles s'y installaient toujours quand elles venaient.

— Salut les filles !

— Regardez qui a enfin décidé de se joindre à nous ! pouffa Summer en la prenant dans ses bras.

— Qu'est-ce que vous voulez que je vous dise ? Vous savez comment ça se passe...

Elles éclatèrent toutes de rire, car c'était bien vrai.

La soirée se déroula dans la bonne humeur. Summer et Alabama avaient convenu de ne pas se lancer de défis pour boire des shots dans des positions bizarres, parce que la dernière fois, trois d'entre elles s'étaient fait enlever dans les toilettes.

Dans l'ensemble, elles ne dépassèrent pas les bornes. C'était peut-être la maturité, mais elles étaient toutes d'accord pour ne consommer qu'un verre ou deux et discuter entre filles, au lieu de se saouler complètement.

À un moment, elles abordèrent le sujet des bébés.

— La semaine dernière, je me suis rendu compte que j'avais sauté mes règles, leur confia Caroline en déchirant une serviette en papier posée sur la table. Je n'avais pas remarqué sur le moment, et puis j'ai commencé à flipper. J'ai refusé de faire un test de grossesse jusqu'à ce que Matthew m'y force.

— Es-tu en train de nous dire que tu es en cloque ? souffla Fiona.

— Non, Seigneur, non ! Sans quoi je ne serais pas en train de boire ! leur dit Caroline. Mais ça m'a terrifiée. Matthew est resté calme.

— Comment a-t-il réagi quand il a su que tu n'étais pas enceinte ? demanda Summer.

— Il a été bien, super, même. Il m'a dit que pour lui, c'était comme je voulais.

— Et tu veux des enfants ? s'enquit Alabama.

— Je ne sais pas. Et j'ai l'impression d'être horrible, admit Caroline à voix basse. Je veux dire que dans toutes les romances que j'ai lues ou vues à la télévision, quand un couple tombe amoureux, le point culminant de leur relation est *toujours* un bébé. C'est comme si leur amour n'était validé que lorsque la femme tombe enceinte. Puis ils coulent des jours heureux pour l'éternité. Mais moi, je profite de mon temps avec Matthew. Mes parents m'ont eue relativement tard et je ne sais pas si c'est ce que je veux vraiment.

Elle réfléchit brièvement puis regarda ses amies.

— Est-ce que ça fait de moi une personne horrible ? Je me sens tellement égoïste.

Summer se releva et fit le tour de la table pour aller se placer près du tabouret de Caroline.

— Non, tu n'es pas une personne horrible. Et tu sais quoi ? Peu importe si c'est égoïste ! Sincèrement, qui a dit que les femmes devaient avoir des enfants quand elles se marient ? Où est-il écrit que l'amour d'un couple n'est « solide » que lorsqu'ils ont un ou deux morveux qui courent partout ? Vous avez besoin de trouver l'équilibre qui vous semble juste à tous les deux.

Caroline posa la tête contre l'épaule de Summer.

— Merci, Summer, tu me remontes toujours le moral. Et vous, les filles ?

Elles réfléchirent en silence puis Cheyenne exprima le fond de sa pensée :

— Je sais que je suis relativement nouvelle dans votre groupe, mais je suis d'accord avec Caroline. J'aime vraiment Faulkner. Je le veux pour moi toute seule. En permanence. Pour le moment, je ne me vois pas partager une seconde de mon temps avec lui. J'adore quand nous sommes ensemble et je ne m'imagine pas abandonner ça. Mais, je crois que je veux des gosses, un jour. Il est tellement protecteur et aimant avec moi que j'aimerais le voir avec son enfant.

— Je suis d'accord. À notre époque, la pression sociale et les réseaux sociaux nous donnent l'impression d'être des mégères égoïstes ou des marginales si on ne veut pas de petits. De quel droit les gens nous disent-ils qu'on devrait faire des gosses dès qu'on rencontre un mec ? N'y a-t-il pas déjà assez d'enfants non désirés sur cette Terre ? Je le sais, j'étais l'un d'entre eux, acheva Alabama dans un soupir.

— Alors pas d'enfants ! dit Fiona en levant son verre. Du moins, tant qu'on ne sera pas prêtes, et certainement pas parce que tout le monde affirme qu'on devrait l'être !

— Pas d'enfants ! trinquèrent-elles toutes à haute voix avant d'avaler une bonne rasade.

Summer retourna s'asseoir.

— Hé, qui veut essayer un truc ? proposa Jess à la cantonade quelques instants plus tard.

— Pourquoi pas. Quel genre de truc ? demanda impatiemment Cheyenne.

— Vous avez toutes votre téléphone, n'est-ce pas ?

Comme elles hochèrent toutes la tête, Jess poursuivit :

— Envoyons un texto à nos hommes pour voir combien de temps ils mettent à nous répondre. Celle dont le mec répondra en dernier paiera la prochaine tournée.

Elles éclatèrent toutes de rire.

— C'est parfait ! s'exclama Caroline. Mais on doit toutes dire la même chose, ou bien ça ne serait pas juste.

— Bonne idée, voyons voir... Pourquoi pas quelque chose de court et d'efficace ? Et on n'a pas le droit de poser une question à laquelle ils se sentiraient obligés de répondre, déclara Jessyka.

— Pourquoi pas : « Il fait tellement chaud ici que j'ai dû enlever ma culotte » ?

Elles éclatèrent toutes de rire.

— Oh, mon Dieu ! C'est parfait, Cheyenne. Je ne vais même pas demander comment tu as eu l'idée !

s'exclama Summer. Et on devra aussi se montrer ce que nos hommes ont répondu !

— D'accord, mais puisque Hunter et Faulkner sont au bar... Fiona et Cheyenne devez aller aux toilettes, pour qu'ils pensent que vous l'avez vraiment fait.

— Bonne idée, Jess. Viens, Cheyenne, on y va !

Les autres femmes regardèrent Cheyenne et Fiona traverser la pièce en titubant vers les pipi-rooms. Elles ne furent pas surprises lorsque Faulkner se redressa tout naturellement pour aller se mettre dans le couloir qui y menait. La dernière fois que Cheyenne était allée faire pipi dans un bar, elle avait disparu. Il n'allait pas courir le risque que cela se reproduise.

Un peu plus tard, les filles sortirent des toilettes et partirent d'un rire hystérique quand elles virent que Faulkner était planté là à les observer.

Elles revinrent à la table et continuèrent de pouffer sans pouvoir se retenir.

— Bon. Sortez toutes votre téléphone, mais essayez que les mecs assis au bar ne les voient pas, leur ordonna Caroline. Composez le message, mais ne l'envoyez pas avant qu'on soit toutes prêtes.

Une fois qu'elles eurent toutes fini de taper, Caroline amorça le compte à rebours :

— Trois, deux, un... *envoyez*. Bon, maintenant, posez toutes votre portable au centre de la table. On va voir lequel va vibrer en premier.

Elles pouffèrent à l'unisson en attendant. Puis l'appareil de Cheyenne vibra soudain.

— On aurait dû s'en douter ! dit Caroline en levant les yeux au ciel.

Cheyenne prit son téléphone et elles la virent rougir furieusement.

— Qu'est-ce qu'il a répondu ? demanda Alabama en se penchant vers elle.

Cheyenne se tourna afin que son corps dissimule ses gestes à son homme assis au bar, et elle montra le texto que lui avait renvoyé Faulkner. *T'ai-je donné la permission de la retirer ? J'espère que tu es confortablement installée, parce que quand on va rentrer, je vais te filer une bonne fessée.*

— Seigneur, Cheyenne, tu as de la chance ! dit franchement Caroline.

Cheyenne pouffa et remit son téléphone dans sa poche.

— Je sais que vous avez compris comment Faulkner se comporte avec moi, mais je vous jure que je n'ai jamais été aussi heureuse.

Caroline posa sa main sur celle de Cheyenne et dit d'un ton sérieux :

— Qu'il soit un peu plus dominant au lit que nos hommes le sont avec nous ne signifie pas que ce soit mal. Si vous êtes heureux comme ça, qui se préoccupe de ce que pensent les gens ?

Elles hochèrent ensemble la tête en signe d'accord. Soudain, deux autres téléphones commencèrent à vibrer.

Jess se pencha et s'empara du sien, lut le message de Kason et sourit :

— Il dit : *Tu veux que je vienne te chercher ?*

Jess tapa une courte réponse négative et reposa son mobile.

— Fiona, qu'a écrit Cookie ?

L'intéressée éclata de rire et montra son téléphone à la ronde. *À quoi vous jouez, les filles ?*

Cela provoqua une nouvelle crise d'hilarité et elles se tournèrent pour adresser un signe de la main aux deux hommes installés au bar. Hunter les avait vues rire et lui et Faulkner s'étaient visiblement informés qu'ils avaient reçu le même texto.

— Encore trois ! jubila Jess.

Elle ne se souvenait pas de la dernière fois où elle s'était tant amusée. Cela faisait longtemps qu'elle n'avait pas passé un bon moment avec des copines.

Le portable suivant vibra et Caroline s'en empara. Elle jeta la tête en arrière et éclata de rire avant de leur montrer à toutes la réponse de Matthew. *Putain, j'adore les soirées entre filles !*

Elles se penchèrent en avant et regardèrent les deux téléphones posés sur la table. Alabama et Summer trépignaient littéralement d'impatience. Enfin, le mobile d'Alabama vibra, puis celui de Summer, cinq secondes trop tard pour qu'elle puisse l'emporter.

— Merde ! Je vais faire payer Mozart quand on rentrera ! dit-elle en riant.

Le texto que lui avait envoyé Abe disait : *Je parie qu'on ne va pas avoir le temps de rentrer avant que je te fasse exploser.* De son côté, Mozart avait écrit : *Je vais te le faire payer... de la meilleure des façons.*

Chacune fut d'accord sur le fait que même si Summer avait perdu le défi, elles étaient toutes gagnantes ce soir-là.

14

Benny attendait impatiemment que Jessyka lui envoie un texto ou l'appelle pour venir la chercher. Les mots qu'elle lui avait dits juste avant d'entrer au *Aces* pour la nuit résonnaient dans son cerveau. Elle l'aimait. Il le savait déjà ; elle ne réagirait pas ainsi à son contact si ce n'était pas le cas.

En retour, il voulait lui montrer l'étendue de ses sentiments avant de lui adresser ces mots à son tour. Il avait compris qu'elle les lui avait dits exprès alors qu'il avait les mains liées.

Mais Benny avait planifié toute la nuit. Il était sérieux quand il lui avait expliqué ce qu'il avait prévu pour eux ce soir. Benny avait longuement parlé à Dude de ses pratiques personnelles. Et même si Benny savait qu'il n'était pas super dominant comme Dude, celles-ci présentaient des aspects qu'il trouvait intéressants et qu'il aurait voulu essayer.

Jess ne s'était jamais plainte quand il l'avait plaquée au lit ou lui avait donné des ordres. Il avait compris que cela lui plaisait. Elle se dit qu'il pourrait franchir un pas et voir s'il lui plaisait aussi d'être attachée. Si c'était le cas, Benny savait qu'ils avaient de longues nuits d'expérimentations devant eux. Il n'avait pas besoin, comme Dude, d'avoir le contrôle absolu dans leur chambre à coucher, et Jess aimait parfois prendre les rênes, ce qui ne lui posait pas le moindre problème. Mais c'était amusant de brouiller un peu les pistes de temps en temps et d'essayer de nouvelles choses.

Quand Jess lui avait envoyé ce message coquin à propos de sa culotte, il avait dû invoquer toute sa volonté pour ne pas grimper dans sa voiture et partir la ramener à la maison. Il avait envie de lui donner la nuit qu'elle attendait et rongeait son frein d'impatience.

Enfin, aux alentours de onze heures, son téléphone sonna. Il ne reconnut pas le numéro, mais répondit quand même, se disant que ce devait être Jess :

— Allo ?

— C'est Kason Sawyer ?

— Oui, qui est-ce ?

La voix de Benny était rude et pressante. Il n'aimait pas recevoir des appels d'inconnus qui paraissaient manifestement savoir qui il était.

— Je travaille au bar où se trouvent Jess et les filles. Votre copain soldat m'a dit de vous contacter pour vous informer qu'il y a du grabuge et que vous devez venir. Rendez-vous à la rue de derrière et entrez par là. Il prendra soin de laisser la porte ouverte.

— Quelle sorte de grabuge ? demanda Benny.

Mais son interlocuteur avait raccroché.

— Merde.

Il ne parvint pas à retenir un juron.

C'est la dernière fois qu'elles vont dans cet endroit toutes seules.

Benny songea à appeler Cookie ou Dude afin de corroborer les dires de cet individu, mais il ne voulut pas perdre de temps. Il savait que c'était bête, mais il ne pensait qu'à Jess. Tout ce qu'on lui avait appris en tant que soldat d'élite lui criait d'être patient, de ne pas prendre de décisions hâtives, de rassembler toutes les informations possibles avant de s'engager dans une situation inconnue, et peut-être plus important encore : de compter sur l'aide de ses coéquipiers... Mais il ne pouvait pas attendre, pas alors que sa Jess était peut-être en danger.

Il ramassa ses clés et fourra son téléphone dans sa poche alors qu'il se précipitait vers la porte. Puis il courut jusqu'à sa voiture et démarra. Négligeant d'enclencher sa ceinture, il passa une vitesse et sortit en trombe du parking pour filer vers le bar.

Quand il s'engagea dans le parking du *Aces*, l'endroit semblait tranquille, peut-être même trop. Ignorant ce qui se tramait, il ne voulait pas courir le moindre risque. Il se gara à l'autre bout du parking pour qu'on ne le voie pas depuis l'entrée principale, puis il se dirigea discrètement vers l'allée qui longeait l'arrière du bâtiment. Il sortit son couteau d'assaut de son fourreau et le garda à la main. Il ne savait pas dans quoi il s'engageait, mais il voulait être paré à toutes les éventualités.

Il repéra l'issue de secours du bar et s'avança. Mais lorsqu'il referma les doigts sur la poignée et la tira, il fut surpris de découvrir la porte verrouillée. Les poils de sa nuque se hérissèrent et il comprit immédiatement qu'il avait merdé... franchement merdé. Bon sang, ce n'était pas comme s'il ne venait pas de passer les dix dernières années de sa vie à maîtriser les bases d'opérations dangereuses ! Il aurait voulu se botter le cul. Il fallait qu'il contacte sans attendre Wolf et les autres. Il se tourna pour regagner l'entrée principale, découvrir le fin mot de l'histoire et appeler son coéquipier, mais il n'avait pas fait deux pas que l'obscurité s'abattit sur lui.

— Merde, Jess, arrête ! J'ai super mal au ventre ! la pria Fiona alors qu'elles étaient à nouveau toutes pliées de rire.

— Ce n'est pas ma faute si je vois des trucs fous ici au bar, se défendit Jessyka.

Elle avait raconté à ses copines certaines des choses que les gens faisaient quand ils étaient bourrés.

— Une fois, même, un groupe de femmes est venu et elles ont essayé de boire un shot depuis le côté opposé du verre !

Cela fit redoubler les filles d'hilarité.

— Hé, on était supers ! se vanta Summer, sachant exactement de quoi parlait Jessyka.

— Oui, c'est vrai. Tu dois nous apprendre à le faire ! en convint Jess en souriant.

Elle ne se souvenait pas de la dernière fois où elle avait autant ri. Sentant son téléphone vibrer dans sa poche, elle l'en tira rapidement, impatiente de voir ce que Kason lui disait. Elle avait eu envie de partir depuis une bonne heure, mais elle ne voulait pas être la première à se défiler.

J'ai ton copain. Ne dis rien aux autres ou bien je le tue. Sors par la porte de derrière.

Jess relut le texto en fronçant les sourcils. Est-ce qu'il lui faisait une blague ?

Garde ton pantalon, Kason. Je rentre bientôt.

Elle éteignit l'écran et leva la tête, songeant à faire part de l'impatience de Kason à ses copines. Au cours des dernières heures, Jess avait appris qu'elles n'avaient pas de secrets les unes pour les autres, et elle aimait la franchise et la tolérance de ses nouvelles amies.

Son téléphone vibra à nouveau et Jess sourit en baissant les yeux pour voir la réaction de Kason. Mais elle en resta bouche bée. Il n'y avait pas de mot, seulement une photo de Kason sur la banquette arrière d'une voiture. Il était visiblement inconscient et du sang lui coulait sur le côté du visage. Alors qu'elle essayait de comprendre si c'était pour de vrai, elle reçut un autre texto.

Je n'hésiterai pas à le tuer. Sors de là, et si tu parles à qui que ce soit, ou si tu préviens quelqu'un, je le saurai et il mourra.

Jess réfléchit rapidement. Elle ne pourrait pas se faufiler par la porte de derrière. Dude et Cookie étaient bien trop paranos à propos de cette issue de secours. Elle ne pensait pas non plus que les filles la laisseraient aller seule à la salle de bains, et un des garçons les surveillerait si elles s'y rendaient.

Peux pas sortir par derrière. Dois passer par devant. Ne lui faites pas 2 mal. J'arrive.

Jess essaya de ne pas paniquer. Elle ne voulait pas être ce genre de femmes trop stupides pour rester en vie. Et c'était ce que quitter ce bar promettait. Elle n'avait pas envie d'être kidnappée, mais avait-elle vraiment le choix ? Elle savait que les garçons ne mettraient pas longtemps à comprendre. C'était forcé. Et puis Tex surveillait ses déplacements. Certes, il ne devait pas demeurer assis toute la journée devant son ordinateur à traquer leurs moindres faits et gestes, mais elle espérait que lorsqu'il se connecterait, il trouverait bizarre qu'elle soit allée directement du bar à... l'endroit où on l'emmènerait quand elle serait dehors. Elle croisait les doigts pour que ce soit auprès de Kason.

Ce qui craignait dans l'histoire était que personne n'avait jamais pensé que les *garçons* aussi puissent avoir besoin d'être surveillés et pas seulement les femmes. Ils avaient tous eu tellement peur que l'une d'entre *elles* se fasse à nouveau kidnapper qu'ils n'avaient même pas songé que l'un d'eux pouvait être enlevé ou courir le moindre danger. Une seule petite puce fixée à un vêtement, une montre, une chaussure ou quoi que ce soit, et Kason ne se serait pas retrouvé dans cette situation ! Bon sang, *elle* ne se serait pas retrouvée dans cette situation.

Si Kason avait eu un traceur, elle en aurait immédiatement parlé à Dude ou à Cookie et ils s'en seraient occupés le temps qu'elle parvienne en sécurité. Sauf que dans sa position actuelle, si elle ne faisait pas exactement ce que lui demandait la personne qui avait le téléphone de Kason, elle perdrait la meilleure chose qui lui était jamais arrivée.

Ignorant complètement où Kason se trouvait, Jess ne voulait pas courir le risque de faire la sourde oreille avec celui qui venait de lui envoyer un texto. Elle ne savait pas qui était derrière cet enlèvement. Était-ce en rapport avec une mission qu'il avait effectuée ? Elle ne s'imaginait pas que les garçons puissent avoir l'imprudence de laisser un de leurs ennemis apprendre où ils habitaient, mais elle ne voyait pas qui d'autre pouvait être responsable. Jess était morte de trouille, mais elle était convaincue que la meilleure chose pour Kason était que son ravisseur la mène jusqu'à lui, tant que Tex gardait l'œil ouvert.

Tu as trois minutes. Je le tue si tu ne viens pas.

Jess referma son téléphone sans prendre la peine de répondre et elle inspira profondément. Elle allait devoir jouer la comédie.

— C'était Kason, dit-elle aux filles d'une voix qu'elle espérait normale. Il m'attend dehors. Je pense qu'il s'est impatienté et qu'il voulait déjà que je rentre. Je crois que ce texto l'a fait réfléchir.

Jess éclata de rire, sachant que ce n'était pas son rire détendu habituel, mais elle n'était pas si bonne actrice que cela.

— Ne fais pas trop de bêtises ! pouffa Caroline en descendant de son tabouret pour venir l'étreindre. Il faut qu'on se refasse ça bientôt !

Apparemment, elle avait réussi à duper ses amies. Jess acquiesça avant de prendre chacune des femmes dans ses bras. Et si elle s'accrocha un peu trop longtemps et les serra un peu trop fort, les filles ne relevèrent pas.

— Je vais aller dire au revoir aux garçons.

Elles hochèrent toutes la tête et reprirent leur conversation. Jess inspira à nouveau profondément. Mentir à ses copines était une chose, mais duper les soldats serait une autre paire de manches. Combien de temps s'était-il écoulé ? Elle l'ignorait, mais elle savait qu'elle devait se dépêcher.

Elle boitilla mollement vers Cookie et Dude.

— Hé, les gars, Kason vient de m'envoyer un texto. Il m'attend dehors. Je pense que je l'ai un peu trop allumé avant de partir.

Elle regarda Dude.

— Je crois que cette petite discussion que tu as eue avec lui s'est bien passée. Il a dit qu'il avait des plans pour moi ce soir, acheva-t-elle avec un sourire.

— Ça va ? demanda Dude en lui prenant le menton.

Merde, elle n'était peut-être pas aussi douée pour le mensonge qu'elle l'avait cru. Jess ferma brièvement les yeux et pria pour qu'il la laisse y aller.

— Ça va, Dude. Promis. Pourquoi est-ce que ça n'irait pas ? Tex m'a couverte de traceurs des pieds à la tête. Je ne peux pas faire un pas sans que Tex ou vous ne sachiez où je me trouve, n'est-ce pas ?

Jess avait conscience d'exagérer, mais elle devait essayer de leur fournir une piste. Certes, Dude et Cookie comprendraient certainement avec un temps de retard, mais elle espérait qu'ils finissent par tilter.

— C'est vrai. Mais rappelle-toi que tu peux toujours dire non et Benny s'arrêtera.

Jessyka rougit. Seigneur ! Dude était en train de parler de sa vie sexuelle comme s'il savait parfaitement ce que Kason avait prévu pour elle ce soir-là.

Dude ricana, visiblement amusé par son embarras.

— Très bien, ma belle. Rentre chez toi. On se verra un autre jour.

Jess étreignit Cookie et regretta de tout son cœur de

ne pas être en mesure de leur révéler quoi que ce soit. Elle savait qu'ils agiraient immédiatement, mais elle ne pouvait pas s'empêcher de voir les mots « Je le tuerai » défiler devant ses yeux, ou bien de se sortir de la tête l'image d'un Kason sanglant et sans défense. Elle ne voulait pas risquer sa vie. Si tout se passait bien, les garçons les retrouveraient vite, Kason et elle.

Elle se dirigea vers la porte principale du *Aces*, se demandant si elle reverrait le bar un jour. Puis elle se tourna et salua les filles. Les larmes dans ses yeux embuaient sa vision, mais elle les ravala. Elle n'allait certainement pas se mettre à pleurer ! Elle devait être forte. Elle avait deux puces sur elle qui montreraient à Tex et aux autres où elle se trouvait. C'était forcé.

Elle ouvrit la porte, sortit et balaya les alentours du regard. Elle ne savait pas où elle était censée aller. Soudain, un bras s'enroula autour d'elle par-derrière et on lui plaqua un bout de tissu sur la bouche et le nez. Elle lutta, mais céda rapidement aux émanations du tissu. Sa dernière pensée avant de perdre connaissance fut l'espoir que Tex soit aussi doué pour retrouver les gens que l'affirmaient les garçons.

15

Jess plissa le nez et détourna la tête afin de s'éloigner de la puanteur horrible qui lui remplissait présentement les narines. Comme l'odeur ne s'estompait pas, elle leva la main pour la repousser, mais quelqu'un la lui saisit violemment et la plaqua de force contre son corps.

Enfin, elle ouvrit les yeux et découvrit les prunelles brunes de son ex. C'était lui qui lui tenait sous le nez la petite capsule blanche qui émettait cette odeur putride.

— Brian, souffla-t-elle.

— Oui, c'est moi, ma belle. Tu es contente de me voir ?

Jess lutta contre son emprise.

— Lâche-moi.

— Tu vas m'obéir au doigt et à l'œil si tu veux que ton cher soldat d'élite s'en sorte. Capté ?

— Où est-il ? Qu'est-ce que tu lui as fait ?

Jess refusait de céder à nouveau à Brian. Ce n'était peut-être pas très intelligent, mais peu lui importait. Elle n'allait plus s'écraser devant lui. Elle savait à présent tout ce que Caroline et les autres femmes avaient traversé, et si elles parvenaient à se montrer fortes, alors elle aussi.

— Je ne lui ai fait que ce que ses amis m'ont fait. Ça fait longtemps que j'attends ce moment. Viens, l'handicapée, allons-y.

Brian la remit brusquement debout, tout en lui maintenant le bras d'une poigne de fer. Elle oscilla, essayant toujours de combattre les effets du chloroforme.

— Maintenant, tu vas avancer, salope. Je l'ai planqué dans les bois pour qu'il ne nous cause plus le moindre problème. Je ne veux pas que ses connards d'amis le retrouvent avant que j'aie fini d'en découdre avec lui... et avec toi.

Brian poussa Jess vers les arbres près de l'endroit où il s'était garé. C'était le même parc dans lequel Kason l'avait emmenée quand il avait voulu qu'ils discutent. Jess ravala un rire amer. Quelle ironie !

Elle tituba sur le terrain inégal et essaya de garder le rythme. Brian avait une lumière sur sa casquette pour l'aider à voir où il allait, mais Jess dépendait de la faible lueur qui provenait de lui pour lui éclairer la route. Elle ne pouvait pas trébucher sans que Brian ne la pousse. Elle tomba à chaque fois qu'il posait ses mains sur elle. La différence de taille de ses jambes ne lui avait jamais rendu la marche aisée, et traverser les bois en plein milieu de la nuit hors d'un sentier battu ne lui facilitait pas la tâche.

Elle s'étala pour la dixième fois et Brian prit son élan pour lui flanquer un violent coup de pied dans la hanche.

— Relève-toi, connasse. Je te jure que je ne sais pas pourquoi j'ai gâché autant d'années avec toi.

Essayant d'ignorer la douleur dans sa hanche et voulant lui donner le temps d'arrêter de palpiter pour qu'elle puisse recommencer à marcher, Jess l'interrogea :

— Alors pourquoi, Brian ? Si tu me détestais tellement, pourquoi m'as-tu demandé d'emménager avec toi ?

— Tammy avait besoin d'une baby-sitter. Tu étais dispo. On a décidé que tu ferais l'affaire.

Jess le regarda, incrédule.

— Vous avez décidé que *je ferais l'affaire* ? C'est tout ce que j'étais pour toi ? Un moyen de parvenir à tes fins ?

— Oui, c'est tout ce que tu étais ; un moyen de parvenir à mes fins. Puis cette idiote s'est suicidée. On se faisait pas mal d'argent sur son dos à elle aussi.

— Quoi ? souffla Jess, ne parvenant pas à croire ce qu'elle venait d'entendre.

Brian s'accroupit devant elle avec un sourire carnassier.

— Oui, mes potes aimaient la troncher. Ils nous payaient en came contre de la chatte d'adolescente. Dommage, c'était un gros tas. On aurait pu demander le double si elle n'avait pas été aussi grosse.

Jess vit rouge. Elle n'avait pas vu que Tabitha se faisait abuser. Absolument pas ! Elle avait fait confiance à Brian. Certes, à la fin, elle ne l'appréciait plus vraiment, mais elle ignorait complètement qu'il était tordu à ce point. Jess tendit les bras et poussa Brian de toutes ses forces.

— C'était ta nièce ! Comment est-ce que tu as pu faire ça ? Tu es malade !

Brian se redressa et la fit se remettre debout en la tirant par les cheveux. Alors qu'elle essayait de reprendre pied et de soulager la pression sur son crâne, Brian approcha son visage du sien et lui dit d'un air moqueur :

— Elle n'était bonne que pour la baise. J'avais ma came et elle se faisait troncher. En plus, tu sais qui a trouvé l'idée ? Oui, sa mère. Ne me le reproche pas, Jess, j'exécutais simplement les ordres de sa chère maman.

Jessyka se sentait malade. Elle avait vécu avec Brian pendant des années. Elle n'avait rien vu de ce que Tabitha avait traversé. Pas étonnant qu'elle ait mis fin à ses jours. Ce n'était pas directement à cause de son déménagement, mais en fin de compte, elle avait été une sorte de catalyseur pour que Tabitha trouve le courage de se suicider. Bon sang, pour ce que Jess en savait, Brian avait peut-être raconté à Tabitha qu'il lui ferait du mal si elle ne lui obéissait pas.

— Maintenant, *marche*. Ou bien je te ferai faire le reste du chemin en te traînant par les cheveux.

Jess l'en pensait capable. Elle n'avait jamais eu aussi peur de lui. Avant, elle avait seulement craint qu'il la frappe. Mais aujourd'hui ? À présent qu'elle connaissait l'étendue de sa dépravation et qu'elle savait ce qu'il avait fait à Tabitha ? Elle était terrifiée. Où était Kason ? Que Brian lui avait-il fait ? Pour la première fois, elle réalisa qu'il l'avait peut-être déjà tué. Il était manifestement assez tordu pour le faire.

Jess tituba de son mieux devant Brian. Cela faisait longtemps que sa hanche ne lui avait pas fait aussi mal et le coup de pied que lui avait filé Brian ne l'avait pas aidée. La douleur lui rappelait le jour où elle avait décidé de faire une marche de huit kilomètres pour une association. Elle avait réussi, mais sa hanche l'avait lancée pendant une bonne semaine. La différence de taille de ses jambes ne lui permettait pas de se déplacer sur de longues distances, et encore moins d'effectuer une marche forcée sur un terrain inégal comme celui-ci.

Même si Jessyka tomba encore à plusieurs reprises, Brian ne lui donna pas de coup de pied, mais il la redressa à chaque fois et la contraignit à avancer.

Enfin, il s'immobilisa et lui saisit le bras. Il désigna la droite comme s'il savait exactement où il allait.

— Là-dedans.

— Quoi ? Où ?

Brian la poussa si fort qu'elle s'écroula à quatre pattes.

— *Là.*

Jess leva la tête et vit que Brian indiquait une clairière. Comment diable avait-il su où ils se rendaient ? Jess ne voyait aucune différence entre l'endroit d'où ils venaient et les arbres devant elle, particulièrement dans le noir. Elle ignorait également quelle distance ils avaient parcourue. Son boitillement l'induisait en erreur. C'était peut-être un kilomètre... ou alors cinq.

Elle se redressa lentement, réprimant le grognement de douleur qu'elle avait sur le bout de la langue, et elle rampa vers l'endroit que montrait Brian. Dégageant les branches pour avancer, elle se retrouva soudain face à Kason. Et il était absolument furieux...

16

— Regarde ce que j'ai trouvé, soldat ! ricana Brian en calant une lampe dans la fourche d'un arbre tout proche.

Ignorant Kason qui le fusillait des yeux, Brian posa sa botte sur les fesses de Jess et la poussa jusqu'à ce qu'elle tombe devant Kason en laissant échapper un cri.

Jess entendit Kason grogner et le vit se débattre contre les liens qui le retenaient à un grand chêne. Elle le contempla avec effarement.

Kason avait du sang séché sur un côté du visage, visiblement dû à la coupure à sa tempe. Brian avait enroulé un tissu autour de sa tête et l'avait fourré dans sa bouche pour le bâillonner efficacement. Il était prisonnier de ce qui ressemblait à des kilomètres de corde. Les mains de Kason étaient positionnées derrière lui, calant son corps à un angle peu naturel afin que son dos ne soit pas collé à l'arbre auquel il était attaché. Ses jambes avaient été ligotées ensemble aux chevilles, puis entourées par la même corde qui le retenait à l'arbre par les genoux et les cuisses. Il ne portait ni chaussures ni chaussettes.

Quelque part, c'est voir ses pieds nus, si vulnérables en plein milieu de la forêt, qui eut le plus d'impact sur Jess.

— Je suis tellement désolée, murmura-t-elle avant que Brian ne l'attrape par les cheveux pour la faire à nouveau se redresser de force.

— Merde !

Jess ne put retenir un juron.

— Il n'est plus si fier de lui, à présent, hein ? souffla Brian à l'oreille de Jess comme s'il lui confiait des mots d'amour. Maintenant, il sait ce que ça fait d'être impuissant, comme moi quand ses potes sont venus me rendre visite. Un prêté pour un rendu, si tu veux mon avis.

Brian repoussa Jess et, une fois encore, elle tomba à quatre pattes devant Kason. Elle en avait assez d'être par terre.

Jess réfléchit rapidement. Elle devait faire quelque chose. Brian était complètement fou. Elle ne voulait pas songer à ce qu'il allait faire d'eux. Elle devait gagner du temps. Jess savait qu'elle ne réussirait pas à les sauver tous les deux, mais tout ce qu'elle avait à faire était de donner le temps aux autres de les retrouver. Elle n'appartenait pas aux Forces spéciales ; elle n'était pas une militaire. Et Brian pesait bien plus lourd qu'elle et elle serait incapable de le terrasser. Mais elle parviendrait peut-être à le berner.

C'était Kason qui était vulnérable dans la situation. Elle avait conscience qu'il était un soldat d'élite et une machine de combat, mais sérieusement, il était ligoté si fort qu'il n'aurait jamais pu s'en sortir. Sans quoi, s'il avait pu se libérer, il l'aurait fait pendant que Brian était parti la kidnapper au bar. C'était à elle de le sauver. Pour une fois, les rôles étaient inversés. C'était à elle de protéger Kason jusqu'à ce que ses amis puissent les retrouver. Et elle avait la certitude qu'ils le feraient. C'était leur travail. Elle devait simplement leur donner du temps, à Kason et à elle.

La terreur que Jess avait ressentie depuis qu'elle avait réalisé que c'était Brian qui les avait tous les deux enlevés se dissipa et une sensation de calme s'empara d'elle. Elle ne savait pas si c'était ce qui arrivait à Kason et aux autres quand ils étaient en mission, mais elle allait s'en servir.

Jess leva la tête vers Kason et articula « Je t'aime » avant de se retourner vers Brian. Ignorant les sons qui provenaient de Kason, elle dit :

— Brian, franchement, pourquoi ne m'as-tu pas parlé de tout ça avant ? Tu crois vraiment que j'avais envie de me coltiner Tabitha ? Sérieusement ? C'est vrai que c'était un gros lard. C'était même un peu embarrassant de sortir avec elle. Tu n'as pas vu comment elle s'empiffrait ? Seigneur, j'étais impressionnée, pour être honnête. Je passais juste du temps avec elle parce que je pensais que c'était ce que *tu* voulais que je fasse.

Brian ne semblait pas convaincu. Jess continua sa tirade, assise par terre et essayant de réprimer toute agressivité :

— Tu sais, le jour où elle a pris ces cachets ? C'est moi qui les lui ai apportés.

Les mensonges qu'elle débitait à Brian lui donnaient la nausée, mais elle devait le convaincre.

— On en avait parlé. Oh, elle ne m'avait pas raconté qu'elle couchait avec tous tes amis, mais elle avait dit qu'elle voulait voir si en avaler quelques-uns lui permettrait de se sentir mieux. Je l'ai peut-être un petit peu encouragée.

Jess devina que dans son dos, Kason la fusillait du regard, mais elle continua :

— Je lui ai répondu que peut-être que si une pilule rendait le sexe plus agréable, alors en prendre plusieurs serait encore meilleur. Elle m'a demandé combien elle pouvait en prendre et je lui ai dit de gober tout le flacon.

Devant l'air incrédule de Brian, elle s'empressa d'ajouter :

— Je sais, c'est absolument ridicule, mais elle me faisait confiance et me croyait. Je lui ai conseillé de les avaler dès que je serais partie pour qu'elles puissent faire effet le temps que tes amis arrivent. Elle n'était pas si futée.

— Tu as toujours soutenu qu'elle l'était, répliqua immédiatement Brian.

— Eh bien, oui, parce que je ne voulais pas te vexer. C'était ta nièce ! Si tu m'avais seulement dit qu'elle était ta monnaie d'échange contre de la came, je ne l'aurais pas autant encouragée. Mais c'est toi qui te plaignais constamment d'elle. J'ai simplement cru que je te faisais une faveur !

Jess essayait de se retenir de vomir. Elle envoya une prière silencieuse à Tabitha pour lui demander de lui pardonner les paroles horribles qui lui sortaient de la bouche. Elle ne voulait pas s'interrompre pour songer à ce que Kason devait être en train de penser d'elle, alors elle poursuivit son discours :

— Et vraiment, Brian, à présent qu'il m'a bien défoncée – Jess désigna Kason du pouce par-dessus son épaule –, je comprends. Je comprends ce que tu aimes, maintenant. Ça me plaît. J'en ai envie avec toi. On a toujours été tellement plan-plan. Je parie que ce n'est pas vraiment comme ça que tu aimes, n'est-ce pas ?

Le cœur de Jess battait fort dans sa poitrine. Elle en arrivait à la partie cruciale de son plan et tout risquait de foirer si elle n'y prenait pas garde.

Voyant les prunelles de Brian pétiller d'intérêt et de désir, Jess poursuivit :

— Oui, je parie que tu aimes attacher tes partenaires, non ? Il m'a attachée une fois, et ça m'a plu. Je sais que tu aimes me tirer les cheveux, mais je n'ai jamais essayé au lit. Je parie que ça me plairait.

Jess passa la main dans son dos et sous son haut. Elle dégrafa son soutien-gorge et continua de parler alors que les yeux de Brian suivaient ses mouvements.

— Et je n'ai jamais pris de la came non plus. Je parie que ça rend tout encore plus sexy, non ? Est-ce que ça te donne l'impression de flotter ?

Jess descendit sa bretelle de son soutien-gorge sur un bras pour le retirer, se dissimulant toujours sous son haut pendant qu'elle se déshabillait.

— Est-ce que toi et tes amis avez déjà partagé une femme ? Voilà une deuxième chose que je n'ai jamais essayée non plus. Kason est trop possessif. Mais je parie que j'aimerais sentir les mains de tes potes sur mes seins pendant que tu enfonces ta queue en moi.

Jess retira son autre main de son soutien-gorge et l'ôta complètement. Elle le laissa tomber par terre, ignorant à nouveau les bruits furieux qu'émettait Kason. Elle respirait fort. Elle ne savait pas si elle sortirait de là en un seul morceau, mais elle devait essayer. Elle arqua le dos et posa les mains sur les hanches, s'assurant de tirer sur son t-shirt en même temps afin de montrer ses mamelons, clairement visibles sous le coton tendu dans l'air froid de la nuit. Puis elle se redressa lentement sans cesser de parler :

— Tu l'as déjà fait, Brian ? Et avec une fille inconsciente ? Avec... comment ça s'appelle ? Du Rohypnol ? Je parie que c'est amusant. Imagine être capable de faire tout ce que tu veux avec quelqu'un qui ne serait pas en mesure de se défendre. Cela dit, je n'ai pas envie d'être droguée ; je préfère regarder.

Jess partit d'un rire qu'elle trouva faux, mais qu'elle espérait suffisamment convaincant pour Brian.

— Quels sont tes fantasmes, Brian ?

Jess retint son souffle. La situation risquait de déraper vraiment rapidement, mais bon sang, elle devait faire quelque chose.

— J'ai envie de te baiser ici, devant ce connard. Je veux te fourrer ma queue dans la bouche jusqu'à ce que tu étouffes, pour tester tes limites. Ça te plairait, Jess ?

Jess déglutit. Merde...

— Oh, oui, tu sais que j'ai toujours adoré ta queue. Et quoi d'autre ? Tu aimerais bien que je me débatte, n'est-ce pas ?

— Ouais, parce quand tu t'arrêteras et accepteras l'inévitable, ce sera parfait.

— Et si d'abord, tu dois me pourchasser ?

Kason émettait à présent des bruits sans discontinuer. Il grognait et essayait manifestement de parler, mais Jess l'ignora. Il avait apparemment compris son plan et n'était pas d'accord.

— Tu penses pouvoir courir plus vite que moi, Jess ? demanda Brian avec un rictus de dédain. Tu es handicapée. Tu n'auras pas le temps de faire cinq pas que je t'aurai déjà rattrapée.

Jess leva les bras et rassembla ses cheveux au

sommet de sa tête, s'assurant de cambrer le dos. Elle avait conscience que ses seins tressautaient sous son haut et la peur faisait darder ses mamelons. Puis elle se déhancha, ignorant le pincement de douleur que le mouvement lui causa.

— Bien entendu, je ne peux pas courir plus vite que toi. Tu sais que ma hanche m'empêche de marcher ou de courir normalement. Mais tu pourrais me laisser un peu d'avance... pour rendre la situation plus excitante pour toi.

Jess garda la pose, tout en se réjouissant de voir Brian réfléchir à ses paroles. Elle devait tenter de mieux présenter la chose. Alors elle baissa les bras et cala à nouveau les mains sur ses hanches.

— Tu sais quoi ? Donne-moi deux minutes d'avance. Tu peux regarder dans quelle direction je vais partir. Si tu mets moins de deux minutes à me rattraper, je vous laisserai me baiser tous en même temps, toi et tes potes, tant que vous promettez de me filer de la came.

— Et si je mets plus de deux minutes ?

Jess aurait voulu bondir de joie comme un enfant, même si elle savait qu'elle était toujours profondément dans la merde. Il avait mordu à l'hameçon ; Brian allait accepter !

— Alors tes amis ne sont pas invités, mais je te laisserai fourrer ta grosse queue dans ma bouche ici dans les bois.

Jess ne trouva rien à dire sur l'instant. Elle priait

pour que Brian soit assez arrogant pour se croire capable de l'attraper durant les deux minutes qu'elle lui proposait. Et plus encore, elle croisait les doigts pour que Tex et les coéquipiers de Kason se hâtent de venir les chercher.

— Oh, tu vas avoir ma queue, Jess, que ça prenne deux minutes ou deux secondes.

Jess lui adressa ce qu'elle espérait être un sourire séducteur.

— On dirait que ton copain n'est pas vraiment content de toi, poursuivit-il.

Jess ne voulait pas se tourner pour voir Kason. Ses propres paroles la dégoûtaient et elle s'imaginait que Kason pensait d'elle des choses horribles. Mais puisque Brian le lui avait fait remarquer parce qu'il avait envie qu'elle regarde, elle s'exécuta.

Jess s'était attendue à la fureur qu'elle lisait sur le visage de Kason. Elle brûlait au fond de ses yeux. Il avait replié les orteils et tous les muscles de son corps étaient contractés. Mais sous l'emportement, Jess décelait son inquiétude, sa compassion et même de l'amour. Elle lui tourna rapidement le dos. Merde. Elle ne parviendrait pas à mettre son plan à exécution si elle continuait de contempler Kason. Elle avait besoin de rester détachée de tout.

— Alors, tu veux jouer au chat et à la souris ?

Brian inclina la tête et la regarda en disant :

— Tu sais, maintenant, je regrette de ne pas t'avoir parlé. Si j'avais eu dans l'idée que tu étais une petite putain dévergondée, on se serait bien mieux entendus.

Jess sourit et adressa un clin d'œil à Brian, mais elle ne répondit rien.

— Mais oui, j'accepte. Je n'ai rien à perdre. Tu ne m'échapperas pas avec cette jambe éclopée. Ça va être si bon que tu vas crier quand je te baiserai, Jess. Tu as toujours fait l'étoile de mer sous moi ; tellement immobile. J'ai hâte de te sentir te tortiller pendant que je prendrai ce que je veux, comme je veux et quand je le veux. Tes deux minutes commencent... *maintenant* !

17

_____

Wolf sourit à Caroline qui était assise à côté de lui sur le siège passager. L'alcool qu'elle avait bu cette nuit-là avec ses amies l'avait fatiguée et elle tourna la tête pour le regarder.

— Je t'aime, Matthew.

— Je t'aime aussi, Ice. Tu as passé un bon moment ?

— Tu sais bien que oui.

Wolf posa la main sur la cuisse de Caroline et la fit remonter lentement.

— Tu es fatiguée ?

Caroline plaça sa propre main sur la sienne alors qu'elle remontait le long de son corps.

— Je ne suis jamais trop fatiguée pour toi.

Ils se sourirent jusqu'à ce que le feu passe au vert et que Wolf doive à nouveau braquer son attention sur la route.

Il sentit son téléphone vibrer dans sa poche et se pencha sur le côté.

— Ice, tu peux sortir mon portable et me lire le texto ?

Caroline ne manqua pas de pincer les fesses de Matthew en tirant l'appareil de sa poche arrière. Elle sourit quand il grogna et dit à mi-voix :

— Attention, je vais te le faire payer tout à l'heure.

Elle sourit et baissa les yeux vers le téléphone. Elle fit glisser ses doigts sur l'écran, composa le mot de passe de Wolf et cliqua pour lire le message. Cela provenait de Tex. Caroline fronça les sourcils, car s'il était tard en Californie, il l'était encore plus en Virginie.

— De qui est-ce ?

— De Tex.

Wolf redressa le dos, toute décontraction dissipée.

— Qu'est-ce qu'il veut ?

Caroline lut le message et plissa un front confus.

— Aucune idée.

— Qu'est-ce que ça dit ?

Qu'est-ce que Jessyka fout au beau milieu de Brant Park ?

Le téléphone se mit à sonner. Caroline sursauta et faillit le lâcher, mais elle le tendit immédiatement à Matthew, comprenant que quelque chose n'allait pas.

Wolf s'empara de son portable et, voyant que c'était Abe, prit l'appel.

— Qu'est-ce qu'il y a ?

— Tu as reçu un message de Tex ?

— Putain, oui. Toi aussi ?

— Ouais.

— Appelle Cookie. Je contacte Dude. On va voir s'ils savent de quoi parle Tex.

Wolf raccrocha et prit le temps de poser une question rapide à Caroline avant d'appeler Dude :

— Jess était bien là, ce soir, n'est-ce pas ?

— Oui, elle est partie vers onze heures, confirma Caroline avant de regarder sa montre. C'était il y a quarante minutes. Elle a expliqué que Kason lui avait envoyé un texto et avait hâte qu'elle rentre. Elle nous a dit au revoir à nous et aux garçons et elle est sortie par la porte principale.

La seule réaction de Wolf fut de sélectionner rapidement le numéro de Dude.

— Tex m'a contacté aussi, répondit ce dernier du tac au tac.

— Est-ce que tu as perçu quelque chose de bizarre chez Jess quand elle est partie ce soir ? Ice dit qu'elle a reçu un texto de Benny et a décidé de s'en aller.

— Pas vraiment, sans quoi je ne l'aurais jamais laissé sortir. Mais en y repensant, elle a dit en passant qu'elle portait des traceurs et que Tex saurait la retrouver au besoin.

— Elle était au courant, déduisit rapidement Wolf.

— Oui, c'est ce que je me dis aussi, en convint Dude.

— Pourquoi ne vous a-t-elle pas simplement dit

que quelque chose n'allait pas ?

Wolf ne comprenait pas la logique de Jess.

— Et si le texto qu'elle avait reçu n'était pas vraiment de Benny ?

— Merde.

Wolf tourna le volant et dirigea la voiture vers un grand parking où il fit demi-tour avant de regagner la route.

— Retourne au bar ; on se retrouve là-bas. Je vais essayer d'appeler Benny, puis Tex.

Wolf raccrocha sans prendre la peine de dire au revoir. Sur le siège passager, Caroline ne disait pas un mot. Il prit le temps de lui caresser la tête en silence pour la rassurer, puis il chercha le numéro de Benny.

Le téléphone sonna puis passa sur messagerie au bout de quatre sonneries.

— Merde.

Wolf ne perdit pas de temps à réessayer. Si Benny ne répondait pas, c'est que quelque chose de terrible s'était produit. Il appela Tex.

— Je n'ai pas été capable d'avoir Benny, dit ce dernier quand il décrocha.

— Moi non plus. J'ai eu les garçons ; on se retrouve au *Aces*.

— D'accord. Vous êtes tous à peu près à la même distance. J'en déduis que Jess ne devrait pas se trouver au milieu de Brant Park ?

— Certainement pas, non.

En bruit de fond, Wolf entendit Tex pianoter sur

les touches de son clavier.

— Bon, elle s'enfonce de plus en plus dans les bois. On dirait qu'elle se dirige directement vers le centre du parc.

— Tiens-moi au courant ; appelle-moi s'il y a du changement.

— Comptes-y.

Il raccrocha.

À côté de lui, Caroline murmura :

— Que se passe-t-il, Matthew ? Est-ce que quelqu'un a enlevé Jess ?

Wolf soupira.

— Oui, Ice. Je crois que quelqu'un a enlevé Jess.

— Je ne comprends pas. Elle est sortie en sachant que quelqu'un l'attendait dehors ?

— Qu'est-ce que tu ferais si quelqu'un me menaçait et te racontait qu'il me ferait du mal si tu ne l'accompagnais pas ?

Wolf savait ce que Caroline aurait dit et il ne s'attendait pas vraiment à une réponse de sa part.

Elle le regarda d'un air horrifié.

— Oh, mon Dieu. Je n'y avais même pas pensé.

— Oui, en convint Wolf sombrement avant d'appuyer un peu plus fort sur l'accélérateur.

L'équipe devait découvrir le fin mot de l'histoire, et vite. Non seulement une de leurs femmes était en danger, mais apparemment, leur camarade aussi.

* * *

Jess détalait aussi rapidement qu'elle le pouvait. Elle savait qu'elle ne se déplaçait pas assez vite. Cela dit, plus elle s'éloignait de Kason, plus Tex et son équipe auraient le temps de le retrouver avant que Brian ne puisse revenir lui faire du mal une fois qu'il en aurait fini avec elle.

Les branches écorchaient le visage de Jess alors qu'elle courait dans le noir à l'aveuglette. Elle avait filé dans la direction opposée à celle où Brian avait laissé la voiture. Puis, dès que la végétation l'avait dissimulée à la vue de Brian, elle avait pris un virage à angle droit afin de changer de cap. Elle le refit jusqu'à ce qu'elle se dirige à nouveau vers l'endroit d'où ils étaient venus. Jess ne savait pas où elle était, ni même quelle distance elle avait parcourue. Tout ce à quoi elle pensait était de glaner autant d'avance sur Brian qu'elle le pouvait.

Quand il la rattraperait, il allait lui faire du mal. Elle en avait conscience, elle n'était pas idiote. Mais elle savait également que si Brian prenait le temps de lui faire toutes les choses avec lesquelles elle l'avait appâté, Kason serait plus à même de se libérer ou d'être secouru par son équipe.

Impossible pour elle de semer Brian ! Mais si elle zigzaguait et tentait de se cacher plus que de courir, elle parviendrait peut-être à gagner suffisamment de temps pour elle et pour Kason.

Jess refusait de croire que Brian et Tammy soient aussi insensibles et psychopathes. Elle refusait de pleurer pour Tabitha pour le moment. Comme elle avait dû se sentir effrayée et perdue ! Secouant la tête, elle essaya de penser à autre chose. Elle devait trouver comment les sortir tous les deux du merdier dans lequel ils s'étaient retrouvés. Elle pleurerait plus tard... si elle était encore vivante.

Jess avait volontairement oublié son soutien-gorge parce qu'elle savait qu'il contenait un traceur. Le strip-tease avait eu l'effet escompté et avait détourné l'attention de Brian, mais c'était également son unique moyen de laisser un traqueur pour Kason. Elle en avait un dans sa chaussure, mais elle n'aurait certainement pas pu partir sans, surtout alors qu'elle devait traverser ces satanés bois au pas de course. Retirer son soutif avait été sa seule option.

Jess s'écroula pour la quatrième fois, mais elle se força immédiatement à se redresser. Elle devait continuer à avancer. Elle ne pouvait pas s'arrêter. Chaque pas douloureux signifiait – elle l'espérait – qu'elle se rapprochait du moment d'être secourue, mais aussi, plus important encore, qu'elle s'éloignait de Kason et du danger qu'il courait aux mains d'un Brian rancunier.

* * *

Wolf s'engagea dans le parking du *Aces* et appuya sur la pédale de frein. Il resta au point mort et rejoignit ses amis à la hâte.

— Du nouveau ?

— Non, tout semble normal, ici, dit Mozart, d'une voix froide et professionnelle.

Les soldats se rassemblèrent, essayant de comprendre ce qui s'était passé, lorsque soudain, Alabama les appela depuis l'autre bout du parking.

— Je crois que c'est la voiture de Kason !

Les hommes se tournèrent tous et se dirigèrent vers l'endroit qu'Alabama avait désigné. Merde, ils perdaient la main. Ils auraient dû voir son véhicule en premier, mais ils avaient tous été plus occupés à se parler qu'à explorer la zone.

Ils devaient se reprendre s'ils voulaient tirer Benny du pétrin dans lequel il était fourré. Ils firent le tour de la voiture sans toucher à rien.

— Elle n'a pas l'air d'avoir été modifiée, fit observer Abe. Mais pourquoi Benny l'a-t-il garée ici et pas directement devant ?

— Et si lui aussi avait été leurré ici ? se demanda Cookie.

Wolf sortit son téléphone, appela Tex et le mit sur haut-parleur.

— La voiture de Benny est là.

— Attendez.

L'équipe patienta à contrecœur alors que Tex cherchait quelque chose sur son ordinateur. Ils savaient tous que le temps leur était compté. Comme toujours... Chaque seconde était capitale. Ils se souvenaient tous comment Cheyenne avait été secourue. S'ils avaient tergiversé plus longtemps, les bombes attachées à son corps auraient explosé et l'auraient tuée, elle ainsi que des centaines d'autres personnes.

— Benny a reçu un appel du bar vers dix heures. Il a duré environ vingt secondes, dit Tex d'une voix brusque.

— Bon, alors quelqu'un l'a entraîné ici en lui disant qu'il se tramait quelque chose et qu'il devait rester discret.

Wolf tournait en rond, observant la zone alors qu'il essayait de comprendre ce qui s'était passé plus tôt dans la soirée.

— Il ne nous a pas appelés, donc la personne a probablement menacé Jess d'une façon ou d'une autre.

Wolf se dirigea vers le côté du bar.

— Il n'a pas voulu entrer par la porte principale, alors il a fait le tour en pensant qu'il serait capable de pénétrer par l'issue de secours.

Wolf, Abe et Dude s'engagèrent dans l'allée alors que Mozart et Cookie restaient dans le parking, gardant l'œil sur les femmes qui étaient toutes rassemblées autour de la voiture de Wolf.

L'équipe observa les lieux à la recherche de quelque chose, n'importe quoi, qui leur fournirait des renseignements sur ce qui était arrivé à leur camarade.

— Là ! désigna Abe.

Ils virent tous les taches de sang sur le sol et le couteau de Benny ouvert et propre tombé par terre.

— Bon, alors la personne a pris Benny par surprise. Ils l'ont maîtrisé puis ont envoyé un texto à Jess en lui disant que si elle ne les accompagnait pas, ils lui feraient du mal ou bien le tueraient.

— Je crois que tu as vu juste, Wolf.

La voix de Tex sortait du téléphone que celui-ci avait toujours à la main.

— J'ai piraté le mobile de Jess. Je transfère à Abe la photo qu'on lui a envoyée depuis le téléphone de Benny.

Les hommes attendirent et quand le téléphone d'Abe vibra, ils se rassemblèrent autour.

— Bon sang ! s'exclama Dude en voyant sur l'écran la photographie de Benny inconscient et au visage couvert de sang. Pas étonnant qu'elle ait fait exactement ce qu'ils lui ont demandé quand elle a vu ça.

Wolf retournait vers le parking.

— Et pour Jess, Tex ?

— Elle est stationnaire depuis sept minutes. Toujours en plein milieu du parc.

— D'accord, on s'y rend tout de suite, lui dit Wolf. Je te garde au bout du fil, informe-moi du moindre changement.

Wolf se dirigea à grands pas vers les cinq femmes qui se tenaient près de sa voiture. Il prit Caroline dans ses bras quand il arriva à sa hauteur.

— Il faut qu'on les ramène. J'ai besoin que vous rentriez toutes dans le bar, et restez-y ! Ne bougez pas tant qu'on ne sera pas revenus. Même si vous recevez un texto ou un appel. Ne bougez pas. C'est compris ?

Ice serra fort son homme puis fit un pas en arrière.

— Très bien, Matthew. Tex veille sur nous. Allez-y.

Wolf aimait Caroline. Elle était forte quand elle avait besoin de l'être et serviable comme pas deux. Elle trouvait toujours les paroles justes pour le rassurer.

— Merci, Ice.

Il lui donna un baiser appuyé puis s'éloigna à reculons. Il vit ses coéquipiers adresser un au revoir passionné à leurs compagnes avant de se tourner vers lui.

— On va prendre ma voiture et celle de Dude. Allons-y !

Les hommes acquiescèrent et, sans dire un mot, ils se répartirent entre les deux véhicules et partirent tous vers Brant Park afin de retrouver leur camarade et sa femme.

* * *

Jess grogna quand Brian la tacla et elle s'écroula violemment à genoux puis à plat ventre. La lumière de la lampe fixée à sa casquette envoyait des lueurs folles autour d'eux. Elle savait que ce n'était qu'une question de temps avant qu'il ne la rattrape... mais elle était parvenue bien plus loin qu'elle l'avait envisagé. Brian la retourna sans égard jusqu'à ce qu'elle se retrouve sur le dos. Lui saisissant les deux poignets dans les mains, il les lui plaqua au-dessus de la tête. Il la regardait d'un air moqueur et Jess se détourna de la lumière qui l'aveuglait.

— Chat ! chantonna Brian en riant de sa propre blague.

— Tu m'as rattrapée, dit Jess en essayant de gagner du temps.

— Bien sûr.

Brian la fit se redresser et la poussa devant lui jusqu'à ce qu'ils parviennent à une sorte de clairière. Il la poussa et Jess tomba à quatre pattes. Seigneur, ses mains et ses genoux promettaient d'être marqués à vie. Avant qu'elle ne puisse bouger, Brian était derrière elle. Il l'attrapa par les hanches et la força en arrière jusqu'à ce que sa verge repose contre ses fesses. Puis il se plaqua contre elle en lui décrivant exactement ce qu'il allait lui faire.

Jess bloqua le son de la voix de Brian, refusant d'écouter les paroles dégoûtantes qui sortaient de sa bouche et cherchant désespérément autour d'elle quelque chose qu'elle pourrait utiliser comme arme. Cette petite clairière était couverte de détritus. Par le passé, elle avait visiblement servi de campement pour un pauvre sans-abri.

Elle regarda vers la droite et aperçut la dernière chose qu'elle s'attendait à dégotter au milieu de nulle part. C'était un morceau de parpaing. Jess ignorait complètement comment il était arrivé là. Un sans-abri l'y avait peut-être traîné en pensant qu'il pourrait s'en servir pour quelque chose, mais quoi qu'il en soit... à présent, c'était un don du ciel.

Si seulement elle pouvait y parvenir.

Brian la redressa en la tirant par les cheveux, sa façon préférée de la traiter, apparemment, et il la poussa contre un arbre.

— Je vais te baiser ici. Et tu vas accepter tout ce que je vais te faire. Je vais te remplir tous les trous avec ma queue, puis on va aller retrouver ton copain et je vais *te* regarder lui tirer une balle dans la tête. Puis on retournera chez moi et je t'attacherai à mon lit pour que tu me serves de moyen de paiement pour mes potes. À chaque fois que je voudrai de la came, tu les laisseras te prendre comme ils en ont envie et tu fermeras ta gueule. Sans quoi je m'arrangerai pour que tes autres amis crèvent aussi. C'est ça que tu veux ? Tu veux tuer tes petites copines ou bien leurs mecs ? Et je les baiserai aussi avant de les tuer. Défie-moi, Jess, si tu l'oses.

Celle-ci n'osait pas respirer. Elle n'avait plus les idées claires et ne parvenait pas à effacer de son esprit le souvenir de Kason attaché à l'arbre, avec du sang qui coulerait du trou dans son front que Brian l'aurait forcée à lui faire. D'autres images défilèrent dans sa tête. Alabama allongée morte par terre, Fiona ligotée et suppliant les potes de Brian de la laisser tranquille. Cheyenne, Summer, Caroline. Elle n'arriva même pas à songer aux garçons. C'étaient ses amis. Hors de question qu'elle permette à Brian d'agir. Il n'était qu'un monstre. Il avait vendu sa propre nièce pour de la drogue et l'avait tellement blessée qu'elle n'avait pas trouvé d'autre solution que de se suicider.

Jess bondit loin de son ex, le prenant par surprise. Elle était parvenue à faire trois pas boitillants sur le côté lorsque Brian réussit à tendre la jambe pour lui faire un croche-patte. À nouveau, Jess s'écroula violemment et Brian jeta la tête en arrière pour se moquer d'elle.

— Putain, c'était drôle. Tu essaies toujours de m'échapper. Quand est-ce que tu vas comprendre que tu n'es rien qu'une putain d'handicapée, Jess ? Personne ne veut de toi. Tu n'es rien ni personne. Tu penses vraiment que j'ai cru ton boniment de tout à l'heure ? Certainement pas ; je sais que tu aimais cette grosse bouboule. Mais maintenant, tu es à moi et je ne vais plus te lâcher. Je ne veux pas courir le risque que tu ailles te plaindre à la police. Je vais te baiser, mes amis vont te baiser, et tu ne m'échapperas plus jamais. Je vais t'attacher au lit et tu ne verras plus jamais la lumière du...

Les paroles de Brian s'interrompirent abruptement. Il ne vit pas le parpaing qui s'abattit sur son visage. La dernière chose qu'il ressentit fut la sensation d'avoir triomphé de cette stupide infirme allongée à ses pieds.

* * *

— Wolf, on a un problème.

Le ton de Tex était sec et mordant. Wolf et Dude venaient de s'arrêter dans le parking de Brant Park. Il contenait une deuxième voiture.

— Parle-moi, lui répondit brusquement Wolf.

— J'ai deux signaux maintenant. L'un est stationnaire, au même endroit qu'au cours des quinze dernières minutes. L'autre est en mouvement. Il a commencé à se déplacer vers le nord, puis il a fait demi-tour et se dirige à présent vers toi et le parking.

— Quoi ? souffla Cookie quand il entendit les paroles de Tex.

— On restera ensemble aussi longtemps que possible, mais si les pistes divergent trop, il faudra les remonter séparément, dit Wolf, qui s'avançait déjà vers les arbres du parc.

L'équipe acquiesça et suivit rapidement Wolf, des lampes-torches à la main pour illuminer la zone alors qu'ils prenaient la direction des balises.

— Que se passe-t-il, Tex ? Je sais que tu ne peux pas nous voir, mais les marques suivent-elles encore le même mouvement ?

— Affirmatif. La première ne bouge toujours pas, et l'autre s'est arrêtée à présent. Dirigez-vous vers le nord-nord-ouest à partir du parking et vous devriez tomber directement sur la personne qui a le moniteur.

Les soldats accélérèrent. Ils auraient pu courir toute la nuit si c'était nécessaire, mais visiblement, le premier traceur qui avait été sur Jessyka n'était pas loin.

Les hommes invoquèrent toutes leurs forces. Tant de choses étaient en jeu ! Ils s'étaient déjà retrouvés dans des situations brutales de vie ou de mort, qui impliquaient parfois de secourir leurs propres femmes. Et la situation présente était toujours aussi capitale que celles qu'ils avaient connues par le passé, peut-être encore davantage. Deux des leurs étaient en danger. Non seulement un membre de leur équipe, mais également sa compagne. Les enjeux étaient deux fois plus importants.

— Tex ?

— Situation stationnaire, répondit celui-ci à Wolf, indiquant que rien n'avait changé depuis son dernier rapport.

Wolf ne prit pas la peine de répondre, lui et son unité continuèrent simplement d'avancer.

— Dispersez-vous, on ne veut rien laisser passer dans le sous-bois, ordonna Wolf à la cantonade.

Les soldats se séparèrent jusqu'à ce qu'ils se retrouvent à trois mètres de distance, et ils se dirigèrent toujours vers le nord-ouest à travers les fourrés épais, leurs lampes se déplaçant rapidement dans l'obscurité.

C'est Dude qui tomba le premier sur Jess.

— Ici !

Les autres hommes changèrent immédiatement de direction et vinrent rejoindre Dude.

Tous les cinq s'arrêtèrent à l'orée de la clairière et regardèrent le spectacle qui se présentait à eux.

Jessyka était là, ainsi que son ex... ou du moins ce qu'ils pensaient être Brian.

Dude se dirigea lentement vers la femme de Benny.

— Jess ? Tu es en sécurité maintenant.

Jessyka ne répondit pas. Elle était accroupie près du corps de Brian et respirait fort. Elle s'accrochait des deux mains à un morceau de parpaing brisé. Ils voyaient tous le sang qui avait éclaboussé le haut de son corps.

De toute évidence, Brian ne quitterait pas ce parc en vie.

— Jess.

Dude baissa la voix et utilisa son ton de dominant.

— Pose ce parpaing.

— Non.

Les hommes se regardèrent. La voix de la jeune femme était étrange.

— Il ne touchera pas les autres. Je ne le laisserai pas faire.

— Il n'ira nulle part. On va s'en assurer.

Dude essayait de raisonner Jess.

— Non ! *Je* vais m'en assurer. Je ne suis pas une handicapée. Je vais lui faire voir !

Dude ne put retenir le sourire déplacé qui lui monta au visage, mais le spectacle de cette femme accroupie devant lui et du crâne éclaté de Brian le fit rapidement disparaître.

Wolf s'était glissé derrière Jess et Dude croisa son regard. Ils n'auraient pas voulu avoir recours à ce stratagème, mais ils devaient tirer Jess de là. Dude adressa un signe du menton à son camarade.

Jess poussa alors un cri et donna des coups de pied

en arrière, laissant tomber le parpaing dans le mouvement.

— Non ! Lâchez-moi !

— Du calme, Jess, tu es en sécurité, maintenant. C'est Wolf. Je te tiens.

— Wolf ! Il va faire du mal à Caroline. Arrête-le !

L'urgence de ses paroles serra le cœur de Wolf.

— Il ne va pas lui faire de mal, ma belle. Tu t'en es bien assurée. Viens.

Wolf la fit se tourner afin qu'elle ne puisse pas voir le corps de Brian étendu à terre.

— Parle-nous. On est tous là. Tex a retrouvé ta piste. Où est Benny ?

C'était comme si ses mots l'avaient tirée de la tourmente où son esprit l'avait égarée.

— Oh, mon Dieu, Kason !

Jess se contorsionna dans les bras jusqu'à ce qu'il lui donne assez de lest pour qu'elle puisse se tourner vers lui. Elle s'agrippa à son t-shirt bleu marine, le maculant de sombres traînées sanglantes, et elle leva les yeux vers lui.

— Kason ! On doit le retrouver ! Il est blessé !

— D'accord. Tex va nous guider jusqu'à lui.

— Je viens aussi.

— Non, certainement pas.

Wolf n'avait pas plus tôt prononcé ces paroles que Jessyka fit un pas en arrière, se tourna et retourna dans les bois en boitillant douloureusement.

Cookie se précipita et la souleva, une main sur son dos et une autre sous ses genoux.

— Allons, Jess, c'est évident que tu as mal. Laisse Wolf, Dude et Mozart aller chercher Benny pour toi. Y a-t-il quelqu'un d'autre là-bas ?

Jess se débattit dans les bras de Cookie.

— Lâche-moi, Cookie. Je t'en prie. Bon sang, il faut que j'y aille. Il est super en colère...

— Jess. Est-ce qu'il y a quelqu'un d'autre là-bas ? lui demanda rudement Dude.

Rejoignant Cookie, il prit le menton de Jess dans sa main et la força à le regarder.

Jess gémit et haleta fort. Enfin, elle murmura :

— Je ne crois pas. J'ai seulement vu Brian. Mais je ne sais pas comment il a fait pour transporter Kason jusqu'ici. On l'a peut-être aidé.

Dude embrassa Jess sur le front et dit doucement :

— On va te le ramener, Jess. Accroche-toi.

Jess hocha simplement le menton en regardant les trois hommes quitter la clairière et entrer dans les bois dans la direction qu'elle avait prise alors qu'elle tentait d'échapper à Brian.

Cookie et Abe regagnèrent le parking sans ajouter une parole de plus. Jess posa la tête sur la poitrine de Cookie et pria pour qu'ils retrouvent Kason en un seul morceau. Elle ne savait pas s'il lui pardonnerait ce qu'elle avait dit pendant qu'elle essayait d'apaiser Brian, mais au final, cela n'avait aucune importance. Tant qu'il était en vie, elle ne regrettait pas ses actes.

18

Wolf, Dude, et Mozart suivirent le chemin que Jess avait pris à travers la végétation. Ils purent repérer l'endroit où elle avait trébuché et ses efforts pour conserver de l'avance sur Brian. C'était évident qu'elle avait couru pour sauver sa vie et celle de Benny.

Pas très loin du lieu où ils avaient retrouvé Jess et en suivant les directives de Tex, ils étaient tombés sur leur coéquipier. Benny était attaché à un arbre et s'était presque libéré tout seul. Une corde lui contenait toujours les jambes, mais les liens qui avaient retenu son torse à l'arbre pendaient mollement.

Wolf se dirigea vers lui avec son couteau de survie et trancha rapidement le bâillon et les cordes qui lui enserraient le haut du corps. En même temps, Dude coupait les liens autour de ses jambes.

— Connard, cracha Benny dès que le bâillon fut retiré. Il détient Jess. On doit la retrouver.

— On l'a, mec. Elle est en sécurité. Tex nous a appelés. On l'a retrouvée juste avant de venir te chercher.

Benny tendit les jambes sur le côté, se pencha et plaqua son front à terre.

— Connard, répéta-t-il doucement dans la terre. Putain de connard !

Dude plaça sa main sur son épaule et la pressa.

Se reprenant, Benny leva la tête et demanda :

— Et Brian ?

— Il est mort.

— Merci.

— Ce n'était pas nous. Il était déjà mort quand on est arrivés. Jess l'a tué.

— Connard !

Cette fois, les paroles de Benny n'étaient plus qu'un murmure.

— Elle avait un parpaing dans la main quand on les a retrouvés. Brian était mort. Apparemment, Jess l'a frappé une bonne dizaine de fois, l'informa Mozart à voix basse.

— Elle va bien ? demanda Benny en se redressant immédiatement d'un geste maladroit.

Il était évident qu'après avoir été attachés à cet arbre pendant un aussi long moment, ses membres engourdis ne le soutenaient plus.

— On dirait.

Benny fit un pas en avant et poussa un juron. Il avait oublié qu'il était pieds nus.

Wolf s'assit et se mit à détacher ses lacets. Sans un mot, il retira ses chaussettes et les tendit à Benny qui les accepta avec reconnaissance. Ce n'était pas idéal, mais il devrait se contenter de ses chaussettes en laine pour protéger ses pieds du terrain accidenté. Ils avaient déjà fait pareil en situation d'urgence. D'ailleurs, « la seule journée facile était hier » était le mantra des soldats d'élite. Faire le nécessaire était pour chacun d'eux une seconde nature.

Alors que Wolf et Benny se préparaient à refaire le trajet jusqu'au parking, Mozart ramassa le soutien-gorge de Jess qui traînait par terre.

— C'était bien trouvé, murmura-t-il.

Ils avaient tous compris ce qu'elle avait fait. Elle savait qu'il y avait un traceur dans la doublure de son soutien-gorge et elle avait réussi à l'ôter afin que Tex puisse localiser Benny. Si elle ne l'avait pas laissé là, Dieu sait quand il l'aurait retrouvé ! Certes, Benny serait manifestement parvenu à se libérer avant le lever du jour, mais la puce électronique avait simplement accéléré le processus.

Benny se redressa et sans dire un mot, retira le vêtement des mains de Mozart puis le fourra dans la poche de son treillis.

Ils quittèrent la zone bien plus lentement que lorsqu'ils y étaient entrés, laissant les cordes à terre pour les enquêteurs qui n'allaient pas manquer de débouler.

Les quatre hommes retournèrent vers la voiture en silence, tous plongés dans leurs pensées. Wolf se disait qu'ils avaient encore une fois failli perdre une de leurs femmes. Mozart était reconnaissant d'avoir décidé de mentionner les traceurs aux filles. Dude songeait à quel point il admirait la compagne de Benny, tandis que ce dernier regrettait amèrement d'avoir laissé tomber le couteau quand il avait perdu connaissance. Sans quoi, il se serait libéré des liens qui le maintenaient contre l'arbre longtemps avant que Jess ne se retrouve impliquée dans l'histoire. Mais, plus important encore, il avait hâte de prendre Jessyka dans ses bras et de ne pas la lâcher pendant plusieurs jours. Il avait eu terriblement peur pour elle et il voulait s'assurer de ses propres yeux qu'elle aille bien.

Jess se blottit dans la couverture qu'Abe lui avait passée autour des épaules quand elle s'était assise sur le siège passager de la voiture de Dude. Abe et Cookie, installés de part et d'autre d'elle, la protégeaient efficacement tout en lui donnant l'impression d'être en sécurité. Abe avait appelé la police et Cookie avait contacté Tex. Celui-ci avait entendu ce qui s'était passé dans la clairière puisqu'il avait été au bout du fil, mais il informa également Cookie que Wolf et les autres avaient trouvé Benny et qu'ils retournaient vers le véhicule.

Jess entendit Cookie lui dire que Benny allait bien comme si elle était dans un tunnel et qu'il se tenait à l'autre bout. Elle n'arriva pas à y croire jusqu'à ce qu'elle aperçoive Kason de ses propres yeux. Son esprit lui repassait l'image de lui attaché à un arbre, sans défense. Même si elle savait que cela n'était rien comparé au genre de situations qu'il avait rencontrées au sein des Forces spéciales, *elle* ne l'avait jamais vu ainsi.

Mais ce soir, elle l'avait bel et bien vu ligoté à l'arbre, impuissant, et elle ne savait pas comment se sortir cette image de la tête autrement qu'en le voyant debout, vivant et en bonne santé. Elle parvenait seulement à se le représenter avec un trou dans le front comme avait menacé de le faire Brian... Et tant qu'elle ne se serait pas assurée de ses propres yeux qu'il aille bien, elle savait qu'elle continuerait à le voir ainsi.

Jess entendit des sirènes dans le lointain, mais elle ne tourna pas la tête vers la route. Ses yeux restaient braqués sur les bois devant elle. Elle essaya d'apercevoir Benny et les autres. Enfin, elle crut voir des lumières qui clignotaient au loin. Jess entendit Tex dire à Cookie qu'ils étaient presque là et elle se redressa.

Ni Abe ni Cookie n'essayèrent de l'arrêter, mais ils grimacèrent de sympathie quand elle boitilla douloureusement vers l'orée de la forêt. Sa hanche lui faisait très mal, mais rien ne l'aurait empêchée de rejoindre Benny. Elle espérait vraiment qu'il veuille toujours la voir après tout ce qu'elle avait dit et fait.

Enfin, les lumières se rapprochèrent et Jess put discerner les silhouettes des hommes qui s'avançaient vers elle. Elle laissa tomber la couverture et se dirigea à toutes jambes vers les lumières qui tressautaient.

Benny leva les yeux et poussa un juron. Sa compagne avait visiblement mal, mais elle marchait vers eux aussi rapidement que son boitement le lui permettait.

Il courut au-devant de ses coéquipiers et prit Jess dans ses bras. Il la souleva et enfonça son visage contre son cou.

« Merde » fut le seul mot qui lui vint.

Benny perçut que ses camarades le dépassaient et poursuivaient leur route jusqu'à la voiture, mais peu lui importait. Il voulait simplement sentir le cœur de Jess qui battait contre le sien.

Benny recula enfin légèrement le menton et la remit sur ses pieds, avant de prendre la tête de Jess entre ses mains pour la forcer à relever les yeux afin de croiser son regard.

— Tout va bien, ma belle ?

Jess acquiesça. Elle ne trouva pas quoi dire. Elle était dans les bras de Kason. Elle n'avait pas su si elle vivrait assez longtemps pour s'y retrouver, pour être encore là. Enfin, elle dit la seule chose possible :

— Je t'aime. Je t'aime tellement.

Benny écrasa ses lèvres sur les siennes le temps d'un baiser court mais intense, puis il la reprit dans ses bras. Une main plaquée derrière sa nuque et l'autre autour de sa taille, il la souleva à nouveau et se dirigea vers les véhicules où étaient rassemblés ses camarades.

Les jambes de Jess cognaient contre les siennes en marchant, mais il s'en fichait.

Jess savait qu'elle aurait probablement dû les enrouler autour de la taille de Kason pour lui rendre la marche plus facile, mais elle en était incapable. Sa hanche pulsait et la perspective de bouger était tout bonnement intenable. Alors, elle resta suspendue entre ses bras et le laissa la porter comme il le désirait.

Le temps que Benny regagne les voitures, la police était arrivée, ainsi que l'ambulance et le camion des pompiers.

Il porta Jess jusqu'au véhicule et adressa un signe du menton à l'urgentiste afin qu'il lui ouvre les portes. Benny grimpa à l'intérieur, sans lâcher la chose la plus importante de sa vie. Ce n'est que lorsqu'il s'approcha à pas lourds de la couchette située dans l'ambulance qu'il relâcha son étreinte.

— Détends-toi, ma belle. Laisse les urgentistes t'examiner.

Mais Jess ne voulait pas se séparer de lui.

— Je vais bien, Kason. C'est promis, murmura-t-elle contre sa poitrine.

— Je te crois, mais fais-moi plaisir.

À ce moment-là, Jess aurait fait tout ce que Kason demandait d'elle, alors elle se retira enfin et s'allongea sur le drap d'une blancheur immaculée.

— Tu ne me quittes pas ? souffla Jess alors que Kason se redressait.

— Je ne vais nulle part. Je me déplace, c'est tout.

Benny se dirigea vers l'avant du petit espace jusqu'à ce qu'il se retrouve à genoux près de la tête de Jess.

Benny regarda l'urgentiste demander à Jess comment elle se sentait et si elle avait mal quelque part. Elle répondit que non, à part pour sa hanche. Elle expliqua que comme elle avait une jambe plus courte que l'autre, sa hanche la lançait si elle forçait trop.

Au beau milieu de son examen, une enquêtrice de scène de crime passa la tête à l'intérieur du véhicule et demanda si elle pouvait prendre des photos de Jessyka. Celle-ci accepta et ferma les yeux quand les flashes de l'appareil se déclenchèrent. Elle eut l'impression que la technicienne prenait un millier de clichés.

Quand elle fut enfin partie, Benny demanda à l'infirmier s'il pouvait avoir une lingette désinfectante. Il s'en servit pour essuyer délicatement le sang qui avait éclaboussé le visage, le cou et les mains de Jess. Enfin, une fois qu'elle fut bien nettoyée et que l'urgentiste eut confirmé qu'elle ne courait aucun danger, Benny laissa ce dernier jeter un œil à son propre crâne.

La blessure qu'il présentait à la tête était peu profonde et pas très grave, malgré les saignements impressionnants.

Après avoir refusé d'être transportés à l'hôpital et avoir tous les deux signé une décharge qui exemptait le personnel d'urgence de toute responsabilité s'ils tombaient malades, Benny aida Jess à descendre maladroitement du véhicule. Dès qu'elle se retrouva debout près du pare-chocs, il la reprit dans ses bras et rejoignit ses amis et les agents de police.

Il voulait parler à Jess seul à seule. Il avait simplement besoin de l'allonger sur son lit et de la tenir dans ses bras. Il était passé à deux doigts de la perdre ce soir-là et il devait sentir sa peau contre la sienne.

— Benny, le lieutenant Walker a besoin de ta déposition et de celle de Jess, lui dit Wolf à voix basse.

Benny hocha la tête ; il s'y était attendu.

— Il demande à vous parler séparément.

Benny sentit la main de Jess se contracter autour de lui puis se détendre, comme si elle se forçait à le lâcher. Cela ne lui plut absolument pas. Ignorant l'agent de police et ses coéquipiers qui se tenaient près de lui, il reposa Jessyka par terre, se redressa et attendit. Enfin, elle leva les yeux vers lui.

— Je resterai juste ici là où tu pourras me voir tout le temps. Raconte-lui tout, Jess. Ça va bien se passer.

Il la vit hocher la tête et inspirer profondément.

Jess lâcha Kason et fit un pas en arrière. Elle pouvait le faire. Elle avait déjà survécu à cette nuit ; cela n'était rien en comparaison. Elle risquait peut-être d'aller en prison, mais elle se sentait réconfortée par l'idée que si elle était arrêtée, Kason et les garçons feraient le nécessaire pour lui obtenir un avocat. Avec un peu de chance, on la libérerait sous caution. Cela la terrifiait, mais Kason était en vie... Elle pouvait faire n'importe quoi, maintenant.

Le lieutenant Walker prit délicatement le coude de

Jess dans le sien et l'aida à regagner son véhicule. Il l'assit sur le siège passager de sa voiture de patrouille et s'agenouilla devant elle.

— Elle va bien ? demanda doucement Abe à Benny en les observant de loin pendant que l'agent de police parlait à Jess.

— Oui, mais ça va lui faire mal un moment. Elle s'est trop appuyée sur sa jambe, ce soir, sans quoi, elle se porte remarquablement bien.

— Elle aura probablement besoin de voir un thérapeute après ce qu'elle a fait à Brian.

Benny y réfléchit. Jess ne lui avait pas semblé traumatisée, mais il n'en était pas vraiment certain.

— Je lui en parlerai.

— Si elle a besoin de quelqu'un, elle peut consulter le Dr Hancock. Elle a fait des merveilles avec Fi, ajouta Cookie.

— Merci.

Les voix s'estompèrent autour de lui et Benny fut incapable de voir autre chose que Jess. Elle était recroquevillée sur elle-même dans la voiture de police et il avait envie que tout cela soit terminé pour pouvoir s'occuper d'elle. Il espérait vraiment que cet homme n'ait pas l'intention de lui passer les menottes et de l'amener au poste, mais il ne savait pas ce qu'avait raconté Cookie aux flics lorsqu'il les avait appelés. Cependant, tel qu'il le connaissait, il avait probablement expliqué la situation en prenant garde que Jess ne soit pas arrêtée immédiatement. Enfin, l'agent de police se redressa et pressa de la main l'épaule de Jessyka. Puis il revint vers les soldats d'élite.

— Rassurez-vous, je n'ai aucune raison de l'amener au poste ce soir pour la placer en état d'arrestation. Mais il faudra qu'elle vienne faire une déclaration complète. J'aurai également besoin des vôtres, mais je pense que cela peut attendre demain. On a fait des photos d'elle et les techniciens de scène de crime sont en train d'en prendre dans le parc. Quelqu'un voit-il un inconvénient à se présenter au commissariat demain afin d'effectuer une déposition officielle auprès des enquêteurs ?

Les hommes étaient soulagés. Il était tard. Leurs femmes étaient toujours au bar, attendant de rentrer à la maison. Wolf avait appelé Caroline pour l'informer que Jess et Benny étaient sains et saufs. Ils avaient tous envie de rentrer pour prendre leurs compagnes dans les bras.

— Pas de problème, Lieutenant. Merci. On sera là dès qu'on pourra, répondit Wolf pour tout le monde.

Il savait également que Tex rassemblerait le maximum de preuves pour les fournir au lieutenant Walker. Les infos qu'il parviendrait à déterrer contribueraient largement à innocenter Jess et Benny.

— J'apprécie. Les techniciens de scène de crime devront avoir fini avec l'endroit – l'agent désigna les bois de la main – ... très bientôt. On se revoit demain... ou disons plus tard dans la journée.

Benny remercia le ciel. Il pivota sur les talons et se

dirigea vers Jess. Quand il parvint à sa hauteur, elle leva les bras et attendit qu'il la soulève.

Benny se pencha et la souleva en passant un bras sous ses genoux et l'autre derrière son dos. Jess l'entoura de ses bras, comme elle l'avait fait avant, et elle enfonça le visage contre son cou. Il la porta jusqu'à la voiture de Dude et s'installa sur la banquette arrière. Le reste des soldats grimpèrent également sans mot dire. Abe monta avec Dude, Jess et Benny. Mozart et Cookie allèrent rejoindre Wolf dans son véhicule.

Dude enclencha le moteur et sortit du parking pour retourner vers le bar. Le court trajet se passa en silence. Enfin arrêté sur le parking du *Aces*, Dude coupa le moteur et dit :

— Je suis vraiment fier de toi, Jess. Je ne connais pas tous les détails de ce qui est arrivé ce soir, mais tu as manifestement utilisé ta cervelle et survécu. D'après ce que j'ai compris, tu as protégé Benny. On a retrouvé le traceur que tu avais laissé ; il nous a menés droit jusqu'à lui. Bien joué !

Jess enfonça plus profondément la tête contre le cou de Kason et répondit d'un simple hochement de menton, trop submergée par l'émotion pour verbaliser une réponse à cet homme immense assis dans le siège conducteur. Il s'était exprimé avec douceur, mais c'était quand même trop pour elle pour le moment. Elle ne cessait de voir les images que Brian lui avait mises dans la tête plus tôt. Celles de Cheyenne et des autres femmes, souffrantes ou bien mortes.

Dude descendit et ouvrit la portière arrière pour Benny.

— Tu as besoin d'aide ? lui demanda-t-il.

— Non, ça va, merci. Je vous dois une fière chandelle.

— Tu ne nous dois rien et tu le sais.

Benny lui répondit d'un sourire. Il installa Jess sur le siège passager de sa propre voiture et enclencha sa ceinture de sécurité. Après lui avoir déposé un baiser sur le front, il ferma la portière puis, ne portant toujours que les chaussettes de Wolf, il regagna le côté conducteur au pas de course et grimpa à l'intérieur. Après être sorti du parking avec précaution, il retourna vers son appartement. Il avait hâte d'étreindre Jess et d'oublier à quel point ils avaient tous les deux frôlé la mort ou bien de graves blessures.

19

Benny tenait Jess contre lui alors qu'il cherchait la clé de son appartement et ouvrait la porte. Sans retirer le bras de sa taille, il soutint la majeure partie du poids de Jess et les propulsa à l'intérieur. Laissant tomber ses clés dans le récipient près de la porte, il la referma et verrouilla la serrure derrière eux.

Sans lâcher Jess, Benny les emmena jusqu'au comptoir de la cuisine et tira la petite enveloppe qui contenait les deux antidouleurs qui restaient du séjour à l'hôpital de Jess, la nuit où Tabitha était morte. Elle n'avait pas eu besoin d'en prendre depuis cette première nuit et Benny les avait mis dans un grand vide-poches posé sur le comptoir.

Il se tourna et descendit le couloir jusqu'à la chambre principale. Jess n'avait pas dit un mot, s'accrochant seulement à lui et suivant le mouvement.

Il les emmena à l'intérieur de sa chambre puis dans la salle de bains. Benny la fit s'avancer jusqu'aux toilettes.

— Assieds-toi, ma belle, j'ai juste besoin d'une seconde.

Jess s'exécuta et s'assit alors que Benny lui tenait toujours la taille. Une fois qu'elle fut installée, Benny retira ses mains d'elle, prit un verre sur le comptoir et le remplit d'eau. Il sortit les médicaments et les tendit à Jess avec le verre d'eau. Elle accepta le tout sans protester et avala rapidement les cachets avec la moitié du verre qu'elle lui rendit aussitôt.

Puis elle le vit se détourner du lavabo et tirer le rideau de douche. Elle s'agita sur le siège. Elle ne parvenait pas entièrement à lire son humeur et elle s'inquiétait. Elle ne pensait pas qu'il soit en colère contre elle, mais vu qu'il ne lui adressait pas la parole, elle ne pouvait pas en être certaine.

Kason testa la température de l'eau et Jess garda les yeux braqués sur lui alors qu'il ôtait son t-shirt et le laissait tomber à terre. Il enleva ses chaussettes puis se tourna pour la regarder en face tout en déboutonnant et ouvrant la fermeture de son treillis qui alla rejoindre son t-shirt par terre. Les yeux de Jess s'écarquillèrent quand Kason retira son caleçon. Il était devant elle, complètement nu, le plus bel homme qu'elle avait jamais vu. Musclé de partout, son corps était dur aux bons endroits. Elle était un peu perdue, puisque visiblement, Kason n'était pas excité, et il n'était pas prêt à

faire l'amour dans la douche. Sa virilité pendait mollement entre ses jambes. Jess ne l'avait pas souvent vu
quand il n'était pas rigide et elle ne comprenait pas
vraiment ce qu'il se passait.

Benny savait qu'il faisait probablement flipper
Jessyka, mais sa seule priorité était de la laver et de la
protéger au creux de ses bras. Les mots qu'elle avait
jetés à Brian ce soir-là ne cessaient de résonner dans
son cerveau. Il avait parfaitement compris ce qu'elle
faisait et il ne s'était jamais senti plus démuni de toute
sa vie. C'était un sentiment peu commun qu'il avait
détesté.

Quand l'eau fut à une température agréable, il se
dirigea vers Jess. Elle n'avait pas bougé, ce qui suffit à
lui faire comprendre qu'elle avait probablement plus
mal qu'elle aurait bien voulu l'admettre.

— Lève les bras, lui dit Benny à voix basse.

Jess lui obéit immédiatement et il l'aida à ôter son
t-shirt. Une fois cela fait, Benny lui tendit les mains.

— Laisse-moi t'aider à te redresser.

Jess ne portait pas de soutien-gorge, car il était
toujours dans la poche du treillis de Benny, alors elle
n'avait pas besoin de son aide pour le retirer.

Jess mit ses mains dans les siennes et il soutint la
majeure partie de son poids en se relevant. Benny
s'agenouilla, sentant que Jess s'appuyait sur ses
épaules pour conserver son équilibre, et il détacha ses
lacets pour lui enlever ses chaussures. Puis, encore à
genoux, il ouvrit son pantalon et le fit descendre lente-

ment le long de ses jambes avant de lui tapoter le pied droit pour qu'elle le soulève. Il la soutint pendant qu'elle se tenait sur un pied. Il tira sur la jambe de son jean puis répéta le processus avec l'autre jambe.

Benny avait l'intention que tout reste clinique et médical, mais il fut incapable de se retenir. La voyant si près d'elle et en un seul morceau, il ne put s'empêcher de tendre les bras et d'attirer Jess à lui. Posant une joue sur son ventre, il la prit dans ses bras, plaquant la paume de ses mains sur son dos. Il sentit les mains de Jess monter jusqu'à sa tête et le caresser doucement alors qu'il ressentait le réconfort de la savoir en sécurité dans ses bras.

Enfin, Benny, toujours accroupi devant elle, leva les yeux.

— Ça va, n'est-ce pas, Jess ? souffla-t-il, terriblement à vif.

— Ça va, lui répondit Jess dans un murmure.

Benny hocha la tête et colla son front contre le petit renflement de son ventre pendant un moment. Enfin, il inspira profondément et se recula d'un centimètre. S'emparant des côtés de sa culotte, il la fit glisser le long de ses jambes et maintint Jess en place le temps qu'elle s'en débarrasse.

Benny se redressa complètement et passa à nouveau le bras autour de sa taille, l'aidant à se rendre d'un côté de la baignoire. Sans la laisser entrer du côté profond parce qu'il savait que cela serait douloureux pour elle, Benny la souleva. Il referma le rideau après y être entré avec elle et les fit descendre tous les deux dans l'eau jusqu'à ce que le jet de la douche pulse contre le bas du dos de Jess.

Il posa les deux mains des deux côtés de sa tête et l'inclina doucement jusqu'à ce que l'eau lui coule sur le visage.

— Ferme les yeux, Jess, laisse-moi effacer les traces de cette nuit.

Benny sentit Jess fondre entre ses mains. Il mit un peu de son shampooing dans sa paume et le fit mousser dans ses cheveux. Il lui lava et lui rinça la tête deux fois avant de lui appliquer une bonne dose d'après-shampooing.

Alors que le produit faisait effet, Benny la fit tourner pour qu'elle se retrouve face au jet d'eau chaude. Quand elle tenta de protester, Benny la réduisit au silence par quelques paroles.

— Laisse-moi faire, ma belle. Laisse-moi te laver.

Jess hocha la tête et Benny versa dans ses paumes une noix de son propre lait pour le corps. Il avait besoin qu'elle ait la même odeur que lui. Il voulait faire pénétrer un peu de lui dans sa peau. Il fit courir ses mains sur sa poitrine et son ventre avant de passer à ses bras et à ses mains. Il frotta ses mains savonneuses sur son cou et son visage, s'assurant de ne pas négliger un seul centimètre de peau que le sang de Brian avait éclaboussé. Versant un peu plus de savon dans ses paumes, il s'attaqua alors à ses jambes. Il nettoya prestement son sexe puis lui frictionna le dos.

Une fois que Benny fut convaincu que Jess était propre et qu'il ne restait plus une seule goutte du sang de Brian sur elle, il la fit se retourner à nouveau et lava doucement l'après-shampooing de ses cheveux.

Puis, pendant que Jess se tenait sous le jet de la douche, Benny passa rapidement du savon sur son propre corps sans se préoccuper de regarder ce qu'il faisait, mais en gardant les yeux braqués sur elle. Il fit un pas vers elle et elle recula jusqu'à ce que l'eau tombe sur lui, mais pas sur elle. Après s'être rincé à la hâte, Benny passa le bras autour de Jess et coupa l'eau. Puis il l'attira à nouveau contre lui et ouvrit le rideau de douche.

Il s'empara d'une serviette et sécha chaque centimètre carré du corps de Jessyka avant de l'envelopper dedans. Puis il la souleva de la baignoire.

Ensuite, il la regarda pendant qu'elle se tournait vers le lavabo et prenait sa brosse à dents. Il s'essuya rapidement puis enroula la serviette autour de sa propre taille. Benny prit lui aussi sa brosse à dents et imita Jess. Une fois qu'ils furent prêts, il saisit leurs serviettes et les jeta sur le carrelage de la salle de bains, sans se préoccuper qu'elles restent mouillées par terre toute la nuit. Il souleva Jess comme il l'avait fait dans le parc. Il passa les deux bras autour d'elle et la hissa jusqu'à ce que ses pieds quittent le sol et qu'elle s'accroche à lui. Collés l'un à l'autre, il la porta dans la chambre où il la posa doucement, ouvrit les couvertures et encouragea Jess à grimper. Il la suivit après avoir éteint le plafonnier.

L'aube était presque là. Entre l'enlèvement, la course de Jess à travers le parc, le sauvetage et l'interrogatoire par la police, le ciel du matin s'éclaircissait lentement alors que le soleil continuait son chemin.

Benny passa les deux bras autour de Jess et l'attira contre lui. Elle enfonça le visage contre sa poitrine et voulut glisser une jambe autour de lui.

— Non, Jess, je ne veux pas appuyer davantage sur cette hanche.

Alors, il passa sa propre jambe autour d'elle et l'attira contre lui. Ils ne dirent rien pendant un moment, appréciant la sensation de leurs corps, peau contre peau. Jess brisa le silence :

— Je ne savais pas si j'allais pouvoir ressentir ça à nouveau.

— Je ne sais pas si je dois te botter les fesses pour ce que tu as fait ce soir ou bien te faire l'amour jusqu'à ce que tu ne puisses pas sentir et penser à autre chose qu'à moi.

— J'ai le choix ? Je choisis la réponse B.

Benny sourit un instant de ses paroles puis redevint sérieux.

— Franchement, Jess, je crois bien que j'ai failli clamser quand je l'ai vu te pousser dans cette clairière. Il a menacé de te tuer si je ne faisais pas exactement ce qu'il disait. J'ai rongé mon frein en me disant que je serais capable de m'échapper une fois qu'il m'aurait emmené à destination. Je ne savais pas précisément qui était derrière moi, occupé à m'attacher à cet arbre. Il m'avait couvert les yeux sur le trajet. J'ai seulement compris quand je l'ai vu te flanquer par terre devant moi. Qu'est-ce qui t'a pris ?

Jess ne leva même pas la tête, se blottissant plus près de Kason qui serra davantage les bras autour d'elle.

— Il m'a envoyé une photo de toi ensanglanté et inconscient.

Sans la laisser poursuivre, Benny aboya :

— Et alors ?

Cela fit enfin lever le menton à Jess.

— Et alors quoi ?

— Et alors ? Jess, je suis un soldat d'élite. Il n'y avait rien que toi, une civile, aurais pu faire pour m'aider.

— Ce n'est pas entièrement vrai, s'emporta Jess. Tu n'es pas invincible, Kason. Personne ne savait que tu avais été enlevé ni où tu étais, hormis le connard qui t'avait pris en photo pendant que tu étais *inconscient* et *couvert de sang* et qui m'a fait parvenir le cliché. Tex aurait été incapable de te retrouver au beau milieu d'une forêt sans pouvoir se raccrocher à quoi que ce soit. Je savais que j'avais des traceurs. Je savais qu'il pouvait me localiser *moi*. Je me suis dit que si je te rejoignais, tu trouverais bien une solution et que Tex réussirait à nous secourir tous les deux. Je ne m'attendais pas à te découvrir attaché sans même avoir de chaussures aux pieds.

Elle hoqueta et poursuivit, manifestement sur sa lancée. Benny la laissa s'exprimer. Jess était tellement mignonne quand elle était en colère. Il ne pensait pas pouvoir se lasser de l'observer.

— Je savais que Brian était un connard, mais pas à ce point. J'ai fait la seule chose que j'ai trouvée. Il n'allait pas me laisser m'en sortir aussi facilement. Ce n'est pas comme si j'avais pu lui dire : « Hé, je vais retirer mon soutif parce qu'il contient un localisateur GPS ». Bon sang, Kason, pourquoi tu souris comme ça ?

— Je t'aime, Jess.

Jess arrêta net sa tirade et le regarda.

— Oh, merde, laissa-t-elle échapper en plissant le visage.

Benny lui sourit tendrement et l'attira à nouveau contre sa poitrine.

— Je t'aime tellement, Kason. J'étais vraiment inquiète pour toi.

Benny entendit les mots qu'elle marmonna contre lui et il plaça une main sur sa nuque et la caressa.

— Je sais, ma belle. Je t'aime aussi.

— Je... ne... savais pas quoi faire.

— Tu as été géniale.

— Tu ne p-portais pas de ch-chaussures, geignit Jess qui venait visiblement de craquer. Ils v-violaient Tabitha.

— J'ai entendu. Je suis désolé.

— Je ne s-savais pas, Kason. Je te jure que je ne savais pas.

— Bien sûr que non, Jess. Je n'aurais jamais pensé ça de toi.

— J'ai inventé tout ce que je lui ai raconté.

— Jess, c'est bon. Je *sais*.

— Il allait revenir te tuer. Il a d-dit qu'il allait me forcer à te c-coller une balle dans la tête. Puis il a dit qu'il allait v-violer Caroline et baiser les autres filles. Je ne voulais pas que cette vermine les touche. Je ne voulais pas que tu m-meures.

Jess leva le menton et regarda Kason dans les yeux.

— Je l'ai tué. Je l'ai frappé avec ce parpaing. Encore et encore. Je ne me suis arrêtée que lorsqu'il s'est retrouvé par terre, inanimé. Tout ce que je voyais était Tabitha et toi, ainsi que Cheyenne et les autres... Je ne suis pas désolée. Je serais prête à le refaire si besoin était.

Benny tendit les bras et prit la tête de Jess entre ses mains, la gardant immobile. Il vit ses yeux bordés de rouge et son nez qui coulait. Elle n'avait jamais été aussi belle.

— C'est bien. Je suis tellement fier de toi que je n'arrive pas à l'exprimer. Tu ne t'es pas laissé faire, tu as pensé rapidement et tu as fait ce que tu devais. Mais je ne vais pas sauter de joie à l'idée que tu aies été là et que tu te sois fourrée dans cette situation. Je suis vraiment désolé de ne pas avoir pu te secourir ou te protéger, mais tu l'as fait toute seule. Je t'aime tellement.

Benny l'embrassa fort puis se recula sans lui lâcher la tête.

— Je suis désolé que tu aies été forcée de le tuer. Je n'avais pas envie que tu aies ça sur la conscience, mais je ne suis pas triste qu'il ne soit plus là.

Jess se mordit la lèvre puis fit la moue.

— Je n'ai toujours pas eu la nuit que tu m'as promise.

Ces propos confirmèrent à Benny que Jess allait s'en sortir. Il ne lisait pas dans son regard le moindre traumatisme à l'idée d'avoir tué Brian. Il savait que cela allait peut-être la frapper plus tard et qu'elle ressentirait alors du remords, mais il était reconnaissant que cette expérience ne l'ait pas brisée. Il lui conseillerait tout de même d'aller se faire suivre jusqu'à ce qu'ils soient tous les deux certains qu'elle aille bien, mais pour le moment, il était soulagé en l'entendant qu'elle paraisse tenir le coup. Il lui déposa un baiser sur le front et la reprit dans ses bras.

— Tu auras ta nuit, ma toute belle. Je te le promets.

Au bout de quelques instants, il lui demanda :

— Tu as mal comment ?

— Sur une échelle de un à dix ? précisa Jess d'une voix endormie en se blottissant davantage dans son étreinte.

— Oui, sur une échelle de un à dix.

— À peu près douze.

Benny émit un son rauque affolé et voulut sortir du lit.

— Si tu bouges d'un centimètre, je vais devoir te tuer, grommela Jess en le serrant plus fort dans ses bras. Oui, j'ai mal. Mais tout ce dont j'ai envie est de rester allongée ici avec toi. De te sentir contre moi. Je ne savais pas si je pourrais connaître à nouveau cela un jour. J'ai pris les cachets ; ils feront vite effet. Ça va aller. Je t'en prie, Kason. Accorde-moi ça. J'en ai *besoin*. Je te promets que je me sentirai mieux quand on se lèvera. Ça fait des années que je n'avais pas couru et mon corps me rappelle pourquoi je ne devrais pas faire de longues promenades romantiques... ou bien fuir à toutes jambes à travers les bois pour échapper à un connard psychotique. Je t'en prie ! Tiens-moi dans tes bras.

— Si tu ne te sens pas mieux dans quelques heures, tu iras chez le médecin.

— Promis. Merci. Je t'aime.

— Et je t'aime aussi, ma belle.

Benny lui embrassa le sommet du crâne.

— Dors. Demain... enfin, plus tard dans la journée, on commencera le début de notre vie ensemble.

— Ça m'a l'air super.

Benny tint Jessyka contre lui alors qu'elle s'endormait. Il savait qu'ils devraient résoudre beaucoup de choses au cours des prochaines journées. L'équipe devait faire leurs dépositions auprès de la police. Jess devrait continuer à vivre avec les conséquences légales du fait d'avoir tué Brian. Benny ne pensait pas que ce soit un problème, vu le mal que cet homme lui avait causé. Il espérait également qu'on trouve dans sa maison des preuves de sa toxicomanie.

Ils devraient aussi s'occuper de Tammy. Si ce que Brian avait dit à Jessyka était vrai, elle était tout autant coupable que Brian d'avoir prostitué sa fille. En plus, Benny avait conscience qu'elle devrait gérer psychologiquement tout ce qu'elle avait appris cette nuit-là. Ils venaient de passer plusieurs heures avec un pic d'adrénaline et il savait qu'elle n'avait pas eu le temps de digérer les récents événements.

Mais Benny était convaincu qu'elle allait s'en sortir. Tout ce qu'il lui avait raconté ce soir-là était vrai. Jess était forte et intelligente et elle avait bien fait de faire confiance à Tex pour lancer leur équipe à leur secours. Elle avait été placée dans une situation horrible que ni lui ni aucun des autres hommes n'avaient envisagée ne serait-ce une seconde. L'idée ne leur était jamais venue que quelqu'un puisse les utiliser *eux* afin d'entraîner les femmes, plus vulnérables, dans une position dangereuse. Il faudrait qu'ils y réfléchissent sérieusement. Ils avaient tous pensé que surveiller leurs compagnes assurerait leur sécurité, mais manifestement, ils avaient laissé passer une faille immense dans leur raisonnement. Brian était un idiot, mais il était parvenu à trouver la chose qui lui offrirait Jessyka sur un plateau d'argent. Jess s'était débrouillée de son mieux dans une situation pourrie, et en fin de compte, elle avait fait confiance à Tex et au reste de l'équipe pour les secourir à temps. Et Dieu merci ! Ils l'avaient fait.

Benny tint Jess dans ses bras jusqu'à très tard dans

la matinée, alors que la chambre s'illuminait progressi-
vement. Il la regardait respirer et il ne s'était jamais
senti aussi heureux. Elle était vivante. Il était vivant. Ils
s'aimaient. Il avait l'impression d'être l'homme le plus
heureux de la Terre.

20

— Tu sais que tu t'es comporté comme un idiot, hein ? demanda Wolf à Benny.

Décontracté, il gardait le bras passé autour des épaules de Caroline alors qu'ils étaient attablés au *Aces* une semaine après l'enlèvement de Benny.

— Ferme-la, répondit Benny à son commandant et ami.

— Sérieusement, fit écho Dude qui ne voulait pas lâcher l'affaire, vous ne m'avez pas laissé descendre dans ce sous-sol pour sauver Shy tout seul. Alors je ne sais pas pourquoi tu t'es pris pour Superman et que tu t'es précipité pour aller secourir ta femme en solo.

Les paroles de Dude étaient taquines, mais ils savaient tous qu'elles contenaient une large part de vérité.

— Écoute, je pourrais te déballer tout un boniment comme quoi je pensais pouvoir gérer la situation et que ça n'aurait pas été si grave si je n'avais pas été pris par surprise, mais on sait tous que ce sont des conneries. J'ai merdé. Je l'admets. J'aurais dû immédiatement appeler l'un d'entre vous, ou même Tex, pour voir de quoi il en retournait. Je n'ai pas fait honneur à mon entraînement. Bon sang, si un membre de l'équipe m'avait fait ça, je leur en aurais rebattu les oreilles.

Benny regarda Jess. Elle avait posé une main sur sa cuisse et il sentit sa chaleur se répandre à travers sa jambe. Il avait failli la perdre. Elle avait été forcée de commettre l'impensable et de tuer un homme, tout cela parce qu'il avait ignoré sa formation et avait foncé à l'aveuglette.

— Pour ma défense, quand Brian a dit que Jess était en danger, j'ai simplement songé à venir la chercher aussi rapidement que possible.

Ses camarades hochèrent tous la tête d'un air entendu. Ils étaient tous passés par là. Ils comprenaient mieux que n'importe qui.

— Mais j'ai bien retenu la leçon. Je ne serai plus jamais un loup solitaire. Même si ça a le malheur de se reproduire. Nous sommes une équipe. Toujours. On a besoin les uns des autres. Je ne l'oublierai plus jamais.

— Assure-t'en, contra Abe.

Il tempéra la sévérité de sa réponse par un sourire. Benny se détendit, content d'en avoir fini avec le règlement de comptes.

— Je ne sais vraiment pas comment j'ai eu la chance d'être assise avec vous tous aujourd'hui, dit franchement Jessyka aux hommes et aux femmes qui l'entouraient, l'émotion lui faisant trembler la voix. Je veux dire que j'ai toujours su que les militaires étaient un groupe uni, mais je n'avais absolument pas envisagé que c'était à ce point.

Quand Caroline voulut dire quelque chose, Jess leva la main pour l'arrêter et elle continua de parler :

— Je vous voyais au bar toutes les semaines. Je vous ai tous vus – elle désigna les hommes d'un geste – trouver la compagne parfaite. Abe, tu as toujours fait passer les femmes avec qui tu sortais au premier plan, mais elles ne se préoccupaient manifestement pas de toi. Puis tu as rencontré Alabama. Je l'ai vue prendre soin qu'on te resserve de la bière ; elle te commandait à manger quand tu venais au bar après avoir travaillé toute la journée ; elle veillait même à ce que vous rentriez plus tôt que les autres lorsqu'elle devinait que tu étais fatigué.

Jess regarda Alabama poser la tête contre l'épaule d'Abe qui lui plaqua un baiser sur le sommet du crâne et braqua toute son attention sur elle.

— Et toi, Cookie, tu as dû aller jusqu'au Mexique pour trouver Fiona, mais tu t'es toujours assuré férocement qu'elle se sente en sécurité. En retour, elle fait constamment de son mieux pour te donner ce dont tu as besoin, que ce soit te céder le siège dos au mur ou te masser les épaules lorsque tu es tendu. Mozart, tu souffrais. Tu en avais contre la Terre entière et c'était évident. Summer t'a aidé à lâcher prise et à te raccrocher plutôt à l'amour. En fin de compte, ce que tu ressentais pour elle était plus important que ta revanche personnelle.

Jessyka se hâta de terminer. La façon dont les garçons la regardaient risquait de la faire éclater en sanglots d'une minute à l'autre.

— Et Dude, je sais que tu ne t'en rendais pas compte, mais tu n'utilisais jamais ta main gauche ; tu la gardais toujours sur tes genoux. Tu ne comprenais pas que le fait qu'il te manque des doigts ne signifiait absolument rien pour ton entourage, sinon, ces gens n'étaient pas assez bien pour toi de toute façon. Cheyenne est faite pour toi. Elle ne t'a jamais perçu comme incomplet ou blessé. Elle ne voit que ton cœur. Caroline, toi et Wolf avez été les catalyseurs qui ont amorcé tout ce processus.

Devant leur amusement, elle poursuivit :

— Je sais que vous pensez que je suis folle, mais je vous enviais vraiment. Et les autres gars aussi. Ils ont vu ce qu'était une relation saine et positive. Quand vous avez emménagé, le reste de la troupe a cessé de se comporter comme des coureurs de jupons et ils ont commencé à réfléchir à ce qu'ils attendaient réellement de l'existence.

— Je sais que vous êtes tous amis, mais je pensais que ça s'arrêtait là. Je ne savais pas qu'au-delà de votre complicité, vous étiez également une famille. J'aurais voulu en faire partie, mais je n'aurais jamais cru que ça puisse être possible, pas comme ça.

Elle s'adressa à Kason :

— Je t'aime tellement. Je ferais n'importe quoi pour toi. Je tomberais entre les griffes d'un psychopathe tous les jours si cela signifie que tu sois en sécurité.

Benny émit un grognement et se pencha vers elle pour la prendre sur ses genoux, l'asseyant sur le côté, mais toujours tournée vers leurs amis.

Installée dans les bras de Kason, Jess poursuivit son discours :

— Je pensais que la thérapie était pour les mauviettes.

Comme Hunter la regardait comme s'il avait envie de dire quelque chose, Jess acheva rapidement :

— Et j'ai cru aller bien après ce qui s'est passé... Mais grâce à l'insistance de Fiona et à une bonne introspection, j'ai réalisé que c'est bien de parler à quelqu'un de ce qui est arrivé. Ma situation est bien différente de celle de Fiona, d'Alabama, de Summer et même de la tienne, Cheyenne. Que je trouve apaisant de confier au médecin ce que j'ai fait et les actes qu'ont commis Brian et sa sœur ne signifie pas que je sois folle ou que je doive me faire suivre pour le reste de mon existence. J'ai bien plus de respect pour les onze personnes assises autour de cette table que pour tous ceux que j'ai pu rencontrer au cours de mon existence.

Jessyka inspira profondément, contente d'avoir pu exprimer ce dont elle avait besoin – et envie – de dire avant qu'ils ne l'interrompent. Ses deux visites chez la thérapeute de Fiona l'avaient bien aidée, même si au début, elle n'avait pas été convaincue que ce soit une nécessité. Elle continuerait probablement à la voir afin de parler de tout ce qui s'était passé, mais pour le moment, tout allait bien.

— Cela dit, je crois qu'on a traversé assez d'épreuves. Ne pourrait-on pas vivre comme des gens normaux sans être perdus, kidnappés ou utilisés en tant que moyen de revanche pendant au moins quelques semaines ? Je veux dire, qu'est-ce qui peut encore nous arriver d'autre ? acheva Jess d'un ton exaspéré.

Tout le monde grogna et secoua la tête.

— Seigneur, Jess, tu ne peux pas dire ça, se lamenta Cookie. Sérieusement, tu viens de nous porter la poisse.

— Non, on en a terminé. On est destinés à couler des jours normaux à partir de maintenant. Après tout, on a toutes déniché des hommes parfaits, alors ça va, dit Caroline d'une voix tranchée.

— C'est vrai. Maintenant qu'on a trouvé nos hommes et qu'on s'est posées, on ne devrait plus connaître le moindre drame, renchérit Cheyenne.

— Mais on n'a pas tous trouvé de partenaire, fit remarquer Jess.

— Euh, sans vouloir te contredire, ma belle, aucun de nous n'a l'intention de vous laisser partir. Vous nous avez sur le dos, dit Benny en fourrageant du nez contre le côté du cou de Jess.

— Et Tex ? explicita Jessyka d'un ton posé. Il fait

bel et bien partie de cette équipe. Et que je sache, il n'est avec personne.

Le groupe resta silencieux un instant, puis Dude s'exprima :

— Ma belle, on n'a pas vraiment pris le temps d'en discuter avec lui, mais il est encore plus sensible à propos de sa jambe que je le suis pour ma main.

C'était vrai. Tex parlait beaucoup de la prothèse qu'il portait depuis qu'il avait dû prendre sa retraite de la Marine pour raisons médicales. Mais tout le monde avait conscience qu'il plaisantait un peu trop à propos de son handicap, ou bien riait quand les femmes le rejetaient une fois qu'elles apprenaient l'existence de sa blessure.

— Mais, Dude, Tex fait partie de l'équipe. Il faut qu'il trouve son âme sœur. Regarde les choses en face : si on a tous réussi à se rencontrer, lui aussi trouvera quelqu'un.

Jess s'adossa à Benny, posant la tête sur son épaule, la joue collée contre sa poitrine. Puis elle passa un bras autour de lui et joua nonchalamment avec le duvet à la base de sa nuque.

— Je ne sais pas comment, je ne sais pas où, mais c'est vous qui venez de le dire. Tex est capable de localiser n'importe qui, quelles que soient les circonstances. J'en ai l'intuition. Il trouvera sa femme, d'une façon ou d'une autre.

* * *

À des milliers de kilomètres, de l'autre côté du pays, Tex pianotait rapidement sur son clavier.

Mel ? Tu es là ? Ça fait un moment que je n'ai pas eu de tes nouvelles.

Quelques minutes plus tard, alors qu'elle ne répondait pas, Tex réessaya.

Je m'inquiète pour toi. S'il te plaît, parle-moi. Ton sarcasme me manque.

Toujours sans réponse, Tex essaya une dernière fois d'entrer en contact avec celle avec qui il discutait en ligne depuis plusieurs mois.

Si tu ne me réponds pas, je vais devoir faire quelque chose de drastique pour m'assurer que tu vas bien. Je sais que tu n'as jamais voulu parler au téléphone ou bien échanger des photos, mais j'ai besoin d'avoir confirmation que ça va. Je t'ai déjà donné mon numéro de portable. S'il te plaît, appelle-moi.

Il se redressa et ajusta sa prothèse pour se rendre dans la cuisine afin de se préparer quelque chose à manger. Il rapporta l'assiette dans sa salle informatique et se tourna vers les trois moniteurs installés sur son bureau, puis il regarda les coordonnées GPS qui étaient affichées en permanence sur une carte. Il sourit. Tous ses camarades et leurs femmes étaient présentement au *Aces*, probablement en train de dîner et de passer du temps ensemble comme le font les amis.

Tex les adorait tous, et il était content que ce soit un peu grâce à lui. Se servir de son ordinateur et de son don pour l'informatique afin de retrouver les gens lui plaisait, parce que la plupart du temps, il se sentait presque indigne. Quand il avait pris sa retraite, la sensation de faire partie d'une équipe lui avait manqué. Après avoir quitté l'armée, il avait perdu cette poussée d'adrénaline provoquée par la réussite d'une mission.

Il s'était retrouvé coupé de tout ce qu'il aimait et n'avait pas eu l'occasion de trouver ce qu'il allait faire de sa vie. La Marine avait représenté tout pour lui. Mais il avait toujours été doué pour les ordinateurs. Et entre ses talents en informatique et certains des gens machiavéliques qu'il avait rencontrés au cours de son existence, il avait découvert son nouveau créneau.

S'il était jaloux de ses amis et des femmes fantastiques avec lesquelles ils passeraient le reste de leur vie, Tex n'en laissait rien paraître.

Il repensait à la conversation qu'il avait eue l'autre soir avec Jess, la compagne de Benny. Elle l'avait appelé pour le remercier d'avoir remarqué que quelque chose clochait la nuit où Benny avait été utilisé pour l'appâter hors du *Aces*. Elle s'était lancée dans une tirade véhémente, comme quoi c'était bête de ne garder l'œil que sur les femmes. Son argumentaire était convaincant : elle avait dit à Tex que s'il avait surveillé Benny le soir où il s'était fait enlever par son ex-compagnon maniaque, elle n'aurait jamais été contrainte de se mettre en danger.

Exprimé de la sorte, Tex ne pouvait qu'être d'accord avec elle. C'est pourquoi les six soldats d'élite puissants qu'il fréquentait de près au cours des derniers mois étaient à présent les propriétaires de magnifiques traceurs flambant neufs.

Les hommes avaient rechigné à les porter pour leurs missions à l'étranger, mais Tex leur avait fait remarquer qu'il était le seul à être au courant pour les appareils. Qui plus est, cela ne leur ferait pas de mal d'avoir une protection supplémentaire lorsqu'ils étaient dans un autre pays, à faire le sale boulot qui était bien trop dangereux pour la plupart des autres unités militaires. Alors, ils avaient accepté de faire une concession et de placer les puces dans leur paquetage. Tex avait voulu faire remarquer que leurs équipements couraient le risque d'être perdus ou volés, mais les femmes avaient été tellement soulagées qu'il n'avait rien dit.

Il se retourna vers son moniteur, essayant de ne plus penser à ses amis. Il espérait vraiment ne plus jamais avoir à vivre le genre de catastrophes qu'ils avaient connues au cours de l'année qui venait de s'écouler.

Il appuya sur quelques touches de son clavier et regarda la boîte de chat qu'il venait d'utiliser pour parler avec Melody.

Utilisateur inconnu

Tex pianota frénétiquement sur d'autres touches puis poussa un juron à mi-voix et se cala contre le dossier de sa chaise, les mains derrière sa tête. Elle avait supprimé son compte. Elle ne s'était pas simplement déconnectée, mais avait sectionné le seul lien qu'ils avaient l'un avec l'autre.

Ils se parlaient depuis des mois et elle n'avait jamais laissé transparaître que quelque chose n'allait pas, même si Tex avait perçu qu'il y avait un truc. Manifestement, il ne s'était pas trompé. Il la connaissait suffisamment pour savoir qu'elle était trop polie pour disparaître comme cela, sans un mot... Du moins le croyait-il.

Ils n'avaient jamais abordé la question du sexe, mais ils avaient vraiment partagé des pensées intimes. Melody était la seule personne à laquelle il avait confié qu'il se sentait inutile et que s'il avait beau avoir prié le médecin de lui retirer son membre mutilé, il détestait ne plus être entier. Il s'était ouvert à elle à propos de la douleur fantôme qu'il ressentait tout le temps dans sa jambe. Une jambe qui n'était même plus là.

Melody avait compris. Sa réponse avait été parfaite. Mais à la réflexion, Tex réalisa qu'elle ne lui avait jamais véritablement parlé d'elle. Oh, il savait qu'elle aimait la nourriture mexicaine et que sa couleur préférée était le rose, mais elle ne lui avait jamais fait part des choses qui comptaient vraiment dans sa vie.

Il retroussa les manches de sa chemise et se pencha sur son clavier. Si Melody avait pensé qu'elle pouvait effacer leur connexion aussi facilement en supprimant son compte, elle se trompait.

Les soldats d'élite disaient toujours qu'il était

capable de dénicher n'importe qui, alors il était temps de mettre ses talents à l'épreuve... pour lui-même, cette fois. Quelque chose n'allait pas. Il allait retrouver Melody et comprendre quoi. Il espérait simplement qu'il ne soit pas trop tard.

*

Ne ratez pas le prochain tome de la série Forces Très Spéciales : Un Protecteur pour Julie

Vous vous souvenez de Julie, n'est-ce pas ? Elle apparaît dans *Un protecteur pour Fiona*, retenue en otage avec elle. Je sais, elle n'était pas très sympa, mais tout le monde mérite une seconde chance ! Découvrez comment elle trouve la sienne auprès du commandant !

Et ensuite, ce sera l'histoire de Melody et Tex !

DU MÊME AUTEUR

Autres livres de Susan Stoker

Forces Très Spéciales Series

Un Protecteur Pour Caroline

Un Protecteur Pour Alabama

Un Protecteur Pour Fiona

Un Mari Pour Caroline

Un Protecteur Pour Summer

Un Protecteur Pour Cheyenne

Un Protecteur Pour Jessyka

Un Protecteur Pour Julie

Un Protecteur Pour Melody

Un Protecteur Pour the Future

Un Protecteur Pour Kiera

Un Protecteur Pour Les Enfants de Alabama

Un Protecteur Pour Dakota

Delta Force Heroes Series

Un héros pour Rayne

Un héros pour Emily

Un héros pour Harley

Un mari pour Emily

Un héros pour Kassie

Un héros pour Bryn

Un héros pour Casey

Un héros pour Wendy

Un héros pour Mary

Un héros pour Macie (Jun)

Un héros pour Sadie (Jul)

Mercenaires Rebelles

Un Défenseur pour Allye

Un Défenseur pour Chloe

Un Défenseur pour Morgan

Un Défenseur pour Harlow

Un Défenseur pour Everly

Un Défenseur pour Zara

Un Défenseur pour Raven

Ace Sécurité

Au Secours de Grace

Au Secours de Alexis

Au Secours de Chloe

Au Secours de Felicity

Au Secours de Sarah

* * *

En Anglai

Delta Force Heroes Series

Rescuing Rayne

Rescuing Emily

Rescuing Harley

Marrying Emily (novella)

Rescuing Kassie

Rescuing Bryn

Rescuing Casey

Rescuing Sadie (novella)

Rescuing Wendy

Rescuing Mary

Rescuing Macie (novella)

Delta Team Two Series

Shielding Gillian

Shielding Kinley (Aug 2020)

Shielding Aspen (Oct 2020)

Shielding Riley (Jan 2021)

Shielding Devyn (May 2021)

Shielding Ember (Sept 2021)

Shielding Sierra (TBA)

SEAL of Protection: Legacy Series

Securing Caite

Securing Brenae (novella)

Securing Sidney

Securing Piper

Securing Zoey

Securing Avery

Securing Kalee (Sept 2020)

Securing Jane (Feb 2021)

SEAL Team Hawaii Series

Finding Elodie (Apr 2021)

Finding Lexie (Aug 2021)

Finding Kenna (Oct 2021)

Finding Monica (TBA)

Finding Carly (TBA)

Finding Ashlyn (TBA)

Ace Security Series

Claiming Grace

Claiming Alexis

Claiming Bailey

Claiming Felicity

Claiming Sarah

Protecting the Future

Protecting Kiera (novella)

Protecting Alabama's Kids (novella)

Protecting Dakota

Badge of Honor: Texas Heroes Series

Justice for Mackenzie

Justice for Mickie

Justice for Corrie

Justice for Laine (novella)

Shelter for Elizabeth

Justice for Boone

Shelter for Adeline

Shelter for Sophie

Justice for Erin

Justice for Milena

Shelter for Blythe

Justice for Hope

Shelter for Quinn

Shelter for Koren

Shelter for Penelope

À PROPOS DE L'AUTEUR

Susan Stoker est une auteure de best-sellers aux classements du New York Times, de USA Today et du Wall Street Journal. Elle a notamment écrit les séries Badge of Honor: Texas Heroes, SEAL of Protection et Delta Force Heroes. Mariée à un sous-officier de l'armée américaine à la retraite, Susan a vécu dans tous les États-Unis, du Missouri jusqu'en Californie en passant par le Colorado, et elle habite actuellement sous le vaste ciel du Tennessee. Fervente adepte des fins heureuses, Susan aime écrire des romans où les sentiments laissent place au grand amour.

http://www.StokerAces.com

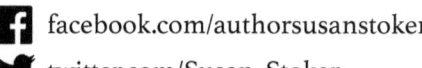

facebook.com/authorsusanstoker

twitter.com/Susan_Stoker

instagram.com/authorsusanstoker

goodreads.com/SusanStoker